光文社文庫

文庫書下ろし／長編時代小説

欺《あざむ》きの訴《そ》

吟味方与力　望月城之進

小杉健治

光　文　社

この作品は光文社文庫のために書下ろされました。

目次

欺《あざむ》きの訴《そ》――吟味方与力　望月城之進

第一章　捕り違い

一

　取調べのために小伝馬町《こでんまちょう》の牢屋敷から呼び出された男が下男《しもおとこ》に縄尻をとられて庭に敷かれた莚《むしろ》の上に座っている。両脇に棒を持った蹲《つくば》い同心《どうしん》が呼出者《よびだしもの》に睨《にら》みを利《き》かせていた。

　しかし、その呼出者は胸を張って、座敷の中央に座っている吟味方与力《ぎんみかたよりき》の望月《もちづき》城之進《じょうのしん》にまっすぐ顔を向けていた。

　渋い顔立ちと落ち着いた物腰から四十近い年齢に見られるが、望月城之進はまだ三十歳である。十四歳で見習いになり、二十歳になって助役に、二十六歳で吟味方与力として独り立ちしている。

城之進はおもむろに口を開く。

「妻恋町《つまごいちょう》伊兵衛店《いへえだな》の政吉《まさきち》であるか」

「へい」

呼出者の政吉は軽く頷《うなず》く。両頬《りょうほお》が窪《くぼ》み、頬骨が突き出ているせいか、目が異様に大きく感じられる。さらに先の尖《とが》った鷲鼻《わしばな》と口角がつり上がった唇《くちびる》は気性の荒さを覗《のぞ》かせ、一筋縄ではいかない。そのような気がした。

「歳は？」

「三十一でございます」

「そなたは、浜町堀《はまちょうぼり》にて木綿《もめん》問屋『松代屋《まつしろや》』の番頭増太郎《ますたろう》を殺《あや》めた疑いで捕らえられた者であるが、そのことに何か申し開きがあるか」

「ございます」

政吉はすかさず応じ、

「殴ったことは間違いありませんが殺しちゃいません」

と、落ち着いた口調で答えた。

「しかし、相手は死んでいる」

「奴《やつ》を殴り倒したあと、あっしはその場を去りました。おそらく、そのあとに通りかかった者が殺したに違いありません」

政吉は顔をまっすぐ向けて答える。

「あとに通りかかった者が、たまたま増太郎に遺恨を抱いている者だったと申すのか」

「そうだと思います」

政吉は臆することなく答える。

罪を犯した疑いで捕縛され、牢屋敷に送られた者の取調べのほとんどは吟味方与力が行ない、口書爪印《こうしょつめいん》まで済ませるのである。町奉行《ぶぎょう》の取調べは、その口書爪印した調書をもとに最後の確認をするだけである。

「なぜ、浜町堀を歩いていたのだ?」

「あっちのほうにひとを訪ねたのです」

「誰を訪ねたのだ?」

「お春《はる》という女です」

「そなたとはどのような関係だ?」

「お春が働いている薬研堀《やげんぼり》の料理屋にときたま行きます」

「どのような用があったのだ?」

「しばらく店を休んでいるので気になりまして」

「会ってきたのか」

「いえ、家が見つかりませんでした、どうやら、嘘をつかれたようです」

「その帰りに、『松代屋』の番頭増太郎と浜町堀で出会ったのだな」

増太郎は通い番頭で、浜町堀沿いにある高砂町《たかさごちょう》の長屋に帰る途中であった。

「そうです」

「番頭の増太郎とは顔見知りだったのか」

「へえ、ちょっと」

「どのような知り合いだ？」

「へえ。『松代屋』でちょっともめました」

「もめたというのは？」

「へえ」

「そなたは『松代屋』で言い掛かりをつけて金を脅《おど》し取ろうとした。それを番頭の増太郎に撥《は》ねつけられたことがあったな。増太郎のために、十両の金をとりそこねたのだ。その恨《うら》みがあろう」

「仰《おつしや》るとおりです。だから、殴ったんです。殺す気なんて最初《はな》からありませんでしたぜ」

政吉は臆することなく答える。

「はじめは殴るだけのつもりでいても、相手は手向かってきただろう。それで、かっとなって匕首《あいくち》を使ったのではないか」

城之進はさらに問い質《ただ》す。

「いくら番頭が手向かおうが、あっしのほうが腕力は勝《まさ》っていますから」

「では、はじめから殺すつもりだったのか」

「違いますぜ」

政吉は微《かす》かに笑みを浮かべた。

「そなたは逃げるとき、誰かと出会ったか」

「へえ、大工らしい職人と擦《す》れ違いました」

政吉はあっさり口にする。

「そなたと擦れ違った者は匕首を握っていたと言っている」

「そんなはずはありません。見間違いです」

政吉は動じることはない。

「よし」

城之進は同心に顔を向けて、

「大工《だいく》の平太《へいた》をこれへ」

しばらくして、職人ふうの男がやってきた。

「大工の平太であるか」

城之進は問いかける。

「はい。さようにございます」

「そのほう、さる四月五日夜の五つ（午後八時）ごろ、浜町堀を通ったか」

「はい。通りました」

「なぜ、通ったのか」

「橘町《たちばなちょう》三丁目の普請場《ふしんば》から人形町《にんぎょうちょう》の長屋まで帰るところでした」

平太は答える。

「なぜ、堀のほうに行ったのだ？」

「建前《たてまえ》で酒を呑みまして。用を足したくて、千鳥橋《ちどりばし》を渡ったあとに暗がりに」

「そのとき、誰かと会ったか」

「用を足したあと、駆けてきた男がいました」

「その男の顔を見たか」

「はい。ぶつかりそうになって」

「そこにいる者を見よ」

「へい」

平太は政吉に顔を向けた。

「そなたが見たのはこの男か」

「そうです。間違いありません」

「その男は手に何かを持っていたか」

城之進は確かめる。

「いえ」

「何も持っていなかったと言うのか」

「はい」

「しかし、そなたは大番屋では刃物を持った男を見かけたと話している」

「いえ、あっしは刃物は見ていません。同心の旦那が刃物を持っていたはずだと言うので、そうかもしれないと答えただけです」

「そなたは刃物を見ていないと言うのか」

「はい。暗がりでしたから、刃物は見えません」

平太は頭を下げた。

「よいか、平太。嘘偽《うそいつわ》りを申すと罪に問われる。もう一度きく。そなたは刃物を見ていないのだな」

「はい。見ておりません」

平太ははっきり言う。

書物《かきもの》同心が顔色を変えずに平太の発言を記録していく。

「刃物を見ていなかったのか。それとも、手に何も持っていなかったのか」

「何も持っていなかったようです」

「暗がりで刃物は見えなかったというが、何も持っていないのはわかったのか」

「申し訳ありません。そのあたりのことははっきりしません」

平太は恐縮したように答えた。

「あい、わかった。ご苦労であった。また来てもらうこともあるかもしれぬが」

「へい」

平太はほっとしたように頷く。

城之進は平太を下がらせた。

「さて、政吉。今の話を聞いたか。匕首を持っていなかったということだが、それも当然であろう。そなたは逃げるとき、すでに匕首を懐《ふところ》に隠したのであろう」

「いえ。匕首は持っていません」

政吉は打ち消し、

「さっきも申し上げましたが、あっしのあとに誰かが通りかかったんです。今の男だって疑わしいんじゃありませんか。あっしが立ち去ったあと、今の平太って男が……」

「勝手な言葉は慎《つつし》むのだ」

城之進は一喝《いっかつ》する。

「あっしは助かりたいために嘘を申しているのではありません。あっしはいつでも獄門台《ごくもんだい》に首を晒《さら》す覚悟はできています。だから、あとからやってきた者が殺すということがほんとうにあるかどうか、お示しいたします」

「………」

城之進は何を言い出すのかと政吉の顔を見返した。

「何を言いましょう、じつはこのあっしがそうなんです」

「どういうことだ?」

「三月《みつき》前、本郷《ほんごう》三丁目の金貸し藤兵衛《とうべえ》の家に押込みが入り、藤兵衛と若い女房のふたりが殺され、百両が盗まれました」

その押込みについては下手人《げしゅにん》は捕まり、すでに死罪になっている。そんな騒動を持ち出してきた真意を見極めようと、城之進は口をはさまず耳を澄ました。

「ちょうど押込みがあったとき、あっしは金貸し藤兵衛の家を訪ねるところでした。藤兵衛の家に近づいたとき、急いで飛び出してきた男がいたんです。出てきたところで頬被《ほっかぶ》りをとったので、顔が見えました。源次《げんじ》でした。あっしは不思議に思いながら藤兵衛の家に入っていくと、様子がおかしい。あわてて部屋に入ったら藤兵衛とかみさんが倒れていたんです。文箱《ふばこ》が引っくり返されて証文が散らばっていた。何があったのか、すぐ悟《さと》りました」

「……」

「とっさに、あっしも自分の証文を探したんですよ。そしたら、背後で物音がした。藤兵衛が気がついたんです。顔を見られて、あっしはあわてて藤兵衛の心ノ臓を匕首で二度刺したら、かみさんも気づいた。だから、かみさんの喉《のど》を突いて、ふたりとも殺して逃げたんですよ」

「政吉、いい加減なことを申すではない」

城之進は叱りつけた。

「嘘じゃありませんぜ。藤兵衛夫婦を殺したのはあっしです」

「そんな偽りを言って取調べをもつれさせようとしても無駄だ。今、そなたが話したようなことは瓦版《かわらばん》でも読んでいれば誰でも言える」

「では、これではどうですか。藤兵衛は倒れた拍子《ひょうし》に長火鉢《ながひばち》の鉄瓶《てつびん》を倒し、灰神楽《はいかぐら》が立って、右腕に灰がかかっていたはずです。それから、かみさんは裾《すそ》が乱れ、白い太股《ふともも》が露《あらわ》になっていたはずです。外に逃げたあと、せめて裾を直してやればよかったと思ったものです」

この騒動の詮議は自分の掛かりではなかった。亡骸《なきがら》の様子を知らないので何とも言えないが、あとで調べればわかるようなことをあえて口にするだろうか。

「あっしがどうしてそんな話を持ち出したのか、怪《あや》しいとお思いでしょうが、あとからやってきた者が下手人だということはいくらでもあるってことをわかってもらいたいからです。いや、それだけじゃありません。自分が犯した罪で裁かれるのはいたしかたありませんが、他人《ひと》の罪で死罪になるなんてまっぴらですからね」

政吉は顔を上げ、まくしたてるように言った。

「そなたは『松代屋』の番頭増太郎を殺していないというのか」

「へえ、殴っただけです。殺してはいません。その代わり、金貸し藤兵衛夫婦を殺したことは認めます」

「藤兵衛夫婦殺しはすでに片がついている」

城之進は押さえつけるように言った。

「ですから、下手人の捕り違いをしているんですよ。あっしが真《しん》の下手人なんです」

「その証《あかし》として、藤兵衛夫婦の亡骸の様子を語ったのか。しかし、そなたが藤兵衛の家に行ったとき、すでに夫婦は殺されていた。そのとき、亡骸の様子を目にした。そういうことであろう」

「確かに仰るとおりで。そういう見方もできますね。では、これはどうですか。藤兵衛の右手のひらが切れていたはずですぜ。あっしが刺したとき、藤兵衛は刃《やいば》を摑《つか》んだんです。そのあとで灰が手のひらにかかったんです。あっしがあとから現場に行き、亡骸を見たと仰いましたが、手のひらの傷は灰で隠れていたんです」

「ここは『松代屋』の番頭増太郎殺しを詮議する場であり、藤兵衛夫婦の件は関わりがない」

城之進は突き放すように言う。

「ですから藤兵衛夫婦を殺《や》ったのはあっしだと言っているんです」

政吉は訴えた。

「よし、きょうはこれまでとする」

取調べを打ち切るように、城之進が言う。

「待ってくださいな」

「そなたのあとに何者かが現われた形跡はない。それに、増太郎を恨んでいる者は他にいない」

「あっしを裁いたあと、真の下手人が現われたらどうするんですね。同じ過《あやま》ちを繰り返すことになりますぜ。南町《みなみまち》は下手人でもない男を死罪にしたと、末代まで責め続けられますぜ」

なぜ、政吉はこれほど堂々としているのだ、と城之進は戸惑《とまど》いを覚えた。

「そなたは、藤兵衛夫婦殺しの下手人はすでに死罪になっていることを知っていて、あえてその話にかこつけているのだろう。調べられることはないとたかを括《くく》って言っているのではないか」

「とんでもない。じつは証人がいるんですぜ」

政吉は居直ったように言う。

「証人？」

城之進にさざ波のような不安が芽生《めば》えた。

「そうです。藤兵衛夫婦を殺したあと、近くの寺の井戸で返り血を洗い流しているのを見ていた男がいたんです。平助《へいすけ》っていう天正寺《てんしょうじ》の寺男です」

「平助はなぜ黙っているのだ?」

「あっしが脅していたからです。俺のことを訴えたら、おまえを殺すと」

「いい加減なことを申すな」

つい語気が荒くなった。

「いい加減じゃありませんぜ。あっしが捕まったことを知れば、安心して喋《しゃべ》るはずですぜ。平助に確かめてくださいな」

「示し合わせていたか」

城之進は鋭くつき、

「仮に、そなたが藤兵衛夫婦を殺すような男であれば、なおさら増太郎を殺した疑いは濃くなる。さらに、自分が捕まったときにそなえ、平助を仲間にし……」

「増太郎殺しを押しつけるなら、あっしは南町が下手人を捕り違えて関わりのない男を死罪にしたことを牢屋敷でも吹聴《ふいちょう》しますぜ」

政吉は声音《こわね》を変えた。

「連れていけ」

城之進は同心に告げた。

同心が政吉を立たせた。

「あっしは増太郎殺しを決して認めませんぜ。自白しなければあっしを拷問にかけることになるでしょう。御徒目付《おかちめつけ》も立ち会うはず。そこで、今のことをぶちまけますぜ」

政吉は勝ち誇ったように叫んだ。

政吉の言うことが事実だとしたら、無実の者を死罪にしたことになる。奉行所が天地がひっくり返ったような大騒ぎになることは必定だ。

詮議の攪乱《かくらん》を狙ってのことだろうが、そんな小細工《こざいく》が通用すると思っているのか。そう思いながらも政吉の言い分を聞き捨てにできないと、胸に不快なものが広がっていた。

二

夕方、この日の詮議を終え、吟味方与力詰所に戻ると、すでに同じ吟味方与力の塚田惣兵衛《つかだそうべえ》が詮議所から戻って茶を呑んでいた。

鬢《びん》に白いものが混じっている。四十半ばになるが、数々の囚人を自白に追い込んだ鋭い眼光はいまだに衰えを知らないようだ。

「塚田さま」

年長の惣兵衛に、城之進は近づいた。

「何か」

惣兵衛が湯呑みを置いて顔を向けた。

「『松代屋』の番頭増太郎殺しで取調べをした政吉という男が妙なことを口にしました」

城之進は迷いながら口を開く。

「妙なこと？」

「助かりたいためにあがいているのだと思いますが、金貸し藤兵衛夫婦を殺したのは自分だと……」

「しょうもない」

惣兵衛は一笑《いっしょう》に付した。

「なぜ、そのようなことを言い出したのだ？」

「取調べを攪乱しようとしているのでしょう。そこで、念のためにお伺いしたいのですが、下手人は源次以外に考えられなかったのでしょうか」

「そうだ。源次は罪を認めたのだ。期限が来ても金を返せず、厳しい催促《さいそく》にあった末に押込みを企《くわだ》てたのだ」

「ひとつ気になることが」

「なんだ？」

「藤兵衛は刺されて倒れたとき、長火鉢の鉄瓶を倒して灰神楽が立った、それで右手に灰がかかっていたということですが」

「うむ。藤兵衛の右手は灰まみれだった」

「さらに、その手のひらに傷があったそうですね」

「藤兵衛は思わず刃を素手で摑んだのだろう」

政吉が言っていたことは事実だった。

「かみさんは裾が乱れ、白い太股が露になっていたと」

「そのとおりだ。そう聞いておる」

惣兵衛は怪訝《けげん》そうな顔をして、

「それがどうかしたのか」

「政吉はそのことを知っていました」

「……」

「ふたりが死んでいた様子について外の者が知ることができたのでしょうか」

「いや……。できないはずだ」

「この件は取調べをしたときに吟味したのですか」

「いや、その他にも証があった。そのことを詳しく調べてはいなかった」

「いったい、政吉は誰から亡骸の様子を聞いたのでしょうか」

城之進は厳しい顔つきになった。

「わからぬが、小浜鉄太郎《おはまてつたろう》が誰かに漏らしたのかもしれぬ。考えられるのは髪結《かみゆ》いだ」

惣兵衛は思いついたように言う。

八丁堀《はっちょうぼり》の与力と同心には毎日髪結いがまわってきて、髪と髭《ひげ》を当たってくれる。髪結いから聞く世間の噂は探索の手助けになる。だが、逆に同心が話したことが髪結いから他に伝わることも考えられなくはない。

「そなた、政吉という男にたぶらかされているのではないか」

惣兵衛は口元を歪《ゆが》めた。

「そんなことであたふたするようではそなたもまだまだ」

「恐れ入ります。小浜鉄太郎に確かめてみます」

城之進は頭を下げた。

惣兵衛の前を辞去してから、城之進は見習い与力に、定町廻《じょうまちまわ》り同心の小浜鉄太郎と木下兵庫《きのしたひょうご》を呼ぶように命じた。

鉄太郎が吟味方与力詰所に現われたのは七つ（午後四時）少し前だった。

「ここへ」

城之進が声をかけると、

「はっ」

と鉄太郎は部屋に入ってきて、目の前に腰を下ろした。

「三月《みつき》前の金貸し藤兵衛夫婦が殺された件だが」

城之進は口を開いた。

「藤兵衛夫婦の……」

鉄太郎は不審そうな顔をした。本郷方面を受け持っている鉄太郎の管轄で起きた押込みだ。

「藤兵衛夫婦の最期の様子なのだが、藤兵衛は右手に灰をかぶり、妻女は裾が乱れ……」

城之進はふたりの死んでいた様子を口にし、

「間違いないか」

と、確かめた。

「そのとおりでございます」

「その様子を誰かに話したことはあるか」

「塚田さまにはお話ししました」

鉄太郎は少し離れたところに座っている惣兵衛にちらっと目をやった。

「塚田さま以外は？」

「いえ、話していません」

「髪結いにはどうだ？」

「望月さま。何かあったのでしょうか」

とうとう耐えきれぬように口をはさんだ。

「じつは、きょう政吉という男の取調べをした。その政吉がとんでもないことを言い出したのだ」

城之進は間《ま》を置いて、

「金貸し藤兵衛夫婦を殺したのは自分だと」

「……」

鉄太郎は不思議そうな顔をした。

「源次は藤兵衛夫婦を殴っただけで殺していない。源次が逃げた直後に藤兵衛の家を訪ねた自分がふたりを殺したと政吉は口にした」

「ばかな」

「その証として挙げたのが亡骸の様子だ。藤兵衛の右手が灰まみれになっていたこと、かみさんの裾が乱れて太股が露になっていたのは、殺しの後に訪れた政吉が亡骸の様子を見たからだと説明はつく。だが、手のひらの傷は外見からではわからない」

「……」

鉄太郎は言葉を失っている。

「政吉は藤兵衛の手のひらの傷を誰かから聞いたのだ。思い当たる節はないか」

「もしかしたら、京太《きょうた》の奴が……」

京太とは鉄太郎が手札を与えている岡っ引きだ。

城之進はぐっと身を乗りだし、

「下手人として、源次はすぐに浮かんだのか」

「はい。源次は、返済を延ばしてくれと藤兵衛に訴えに行き、そこで言い合いになっていました。騒動が起こったのは翌夜です。証文がごっそりと持ち出され、源次の証文もなくなっていました。そこで、源次を問い詰めたところ、押し入って証文を奪ったことを認めたのです」

「殺しは？」

「いえ」

鉄太郎は首を横に振った。

「殺しを認めたわけではないのだな」

「はい。殴っただけだと……」

鉄太郎は答えてから、

「でも、源次が住む本郷菊坂台町《ほんごうきくざかだいまち》の長屋の路地の突き当たりにある稲荷《いなり》の祠《ほこら》の裏から血の付いた匕首が見つかったのです」

「匕首は鞘《さや》に納まっていたのか」

「はい。鞘に入ったまま手拭《てぬぐ》いにくるんでありました」

「手拭いはどんな柄《がら》か」

「茶の格子縞《こうしじま》です」

「それでも、源次は殺しを認めなかったのか」

「そうです」

「源次は匕首のことはなんと言っていた？」

「知らないの一点張りでした。しかし、もはや源次の仕業《しわざ》に間違いないと考え、小伝馬町の牢屋敷に送りました」

「塚田さまの詮議でも、源次は殺しを認めなかったのだな」

城之進はきいた。

「はい。詮議でも殴っただけだと言い張っていたそうですが、拷問の末にようやく白状しました」

「そうか」

城之進は戸惑ったように頷く。

「望月さま」

鉄太郎は厳しい顔で、

「当初は認めませんでしたが、下手人は源次に間違いありません。それに、政吉という男など、探索のときには出てきませんでした」

と、むきになったように言う。

「天正寺の平助という寺男を知っているか」

「いえ。その男が何か」

「政吉の思いつきの悪あがきだ」

城之進は決めつけるように言ったが、それにしてもできすぎている。

鉄太郎と代わって、木下兵庫が入ってきた。四十近い、顎《あご》の尖った顔の男だ。

「ちょっと政吉のことでききたい」

「はっ」

番頭の増太郎を殺した疑いで、政吉を捕まえたのが兵庫である。兵庫は日本橋《にほんばし》、神田《かんだ》から下谷《したや》、浅草《あさくさ》方面を受け持っている。

「きょうの取調べで、政吉は増太郎を殺していないと言い張った」

「ええ、奴はしたたかな男です。殺《や》っていないの一点張りでした」

「決め手はなんだったのだ？」

「大工の平太が殺しの直後の政吉と出くわしたのです。政吉は手に匕首を持っていた。それで……」

「待て。その平太はきょうのお白洲《しらす》で、政吉は匕首を持っていなかったと言った」

「………」

兵庫は目を見開いた。

「匕首を持っていると言ったのは、同心が刃物を持っていたはずだと言うので、そうかもしれないと答えただけで、ほんとうは匕首を見ていないそうだ」

「ばかな」

「どうも何かありそうだ」

「何かとはなんでしょうか」

兵庫はやや身を乗りだした。

「政吉は、三月前の本郷三丁目で起きた押込みは自分がやったと言い出した」

政吉の言い分を話すと、兵庫は呆気《あっけ》にとられたように、

「考えられません」

と、不快そうに言った。

「平太をもう一度調べるのだ。もしかしたら、政吉には仲間がいて、その仲間が平太を脅しているということが考えられる」

「仲間ですか」

「どうも政吉ひとりで動いているとは思えぬのだ」

「わかりました」

兵庫は面持《おもも》ちを硬くして引き上げた。


その夜、城之進は八丁堀の組屋敷にいったん帰り、着替えてから編笠をかぶって出かけた。

霊岸島《れいがんじま》を経て新堀町《しんぼりちょう》に出て永代橋《えいたいばし》を渡った。橋の途中で、数人の男女が欄干に近寄って海の方を見ている。

夕闇に富士《ふじ》がくっきり浮かび上がっていた。城之進はそれを横目に先を急いだ。

深川閻魔堂《ふかがわえんまどう》の裏手に一軒家がある。城之進はそこの戸口に立って編笠を取る。

戸を開けて土間に入る。

「これは旦那」

お良《よし》が出てきた。おでこの広い、愛くるしい顔をした女だ。

「菊二《きくじ》はいるか」

「はい、どうぞ」

お良は上がるように勧めた。

長火鉢の前に座っていた菊二が立ち上がって、

「旦那、どうぞ」

と、座を空《あ》ける。

二十六歳、細身で切れ長の目元が涼しい。

信州《しんしゅう》の百姓《ひやくしよう》の倅《せがれ》で、望月《もちづき》家で下男から中間《ちゅうげん》、さらに若党《わかとう》に取り立てられたが、お良といい仲になって、去年奉公をやめてしまった、だが、目端《めはし》が利《き》き、信用できる男なので手先として使っている。

「俺はここでいい」

そう言い、城之進はあぐらをかいた。

「城之進さま、何か」

菊二がきいた。

「きょう『松代屋』の番頭増太郎殺しの政吉の取調べがあった」

城之進はその様子を話した。

「金貸し藤兵衛夫婦を殺したのは自分だと訴えたのは、番頭の増太郎殺しの取調べを攪乱する狙いから言い出したものであろう。拷問にかければ、立ち会いの御徒目付に藤兵衛夫婦殺しの件を自訴すると脅して拷問をさせまいとしているのだ」

罪人を裁くには、罪人自らが白状することが必要だ。そうでなければ拷問にかけても白状させる必要があるのだ。

「万に一つもあり得ないと思うが、藤兵衛夫婦殺しに政吉が絡《から》んでいることはないか、そのことを調べてもらいたい」

「はっ」

「わかっていると思うが、俺との関わりは誰にも悟《さと》られてはならない」

源次を捕縛した鉄太郎と源次を裁いた塚田惣兵衛の過ちを探ろうとしていることに他ならないからだ。

「わかっていますぜ」

「政吉が言うには藤兵衛夫婦を殺したあと、近くの天正寺の井戸で返り血を洗い流しているのを平助という寺男が見ていたそうだ。まず、この男から話を聞くのだ」

そう言ったものの、政吉の堂々とした態度を思い出し、思った以上に厄介《やっかい》なことになるような恐れを抱いた。


翌日の朝四つ(午前十時)前、菊二は本郷三丁目にある天正寺の山門をくぐった。

それほど境内《けいだい》は広いわけではない。

鐘楼《しょうろう》の近くで箒《ほうき》を使っている四十年配の男がいた。菊二が近づいて行くと、男は箏を使う手を休め、目を向けている。

「とっつぁん。精が出るな」

菊二は声をかけた。

「…………」

無言で見返している。

「とっつぁんは平助さんかえ」

「誰だね、あんたは？」

「源次のだちで菊二ってもんだ」

「源次？」

「三月前、本郷三丁目の金貸し藤兵衛の家に押し込んで夫婦を殺した疑いで捕まった男だ。とうに獄門になっているがね」

菊二は境内を見回し、

「とっつぁんはここは長いのかえ」

「五年だ」

「五年もいるのか。どういう縁《えん》でここに？」

「この寺の門前で行き倒れていたのをここの住職が助けてくれたんだ。それから寺男として働いている」

「そうかえ」

「俺に何か用か」

平助が胡乱《うろん》げに見返す。

「政吉って男を知っているかえ」

「政吉だと」

平助は眉根《まゆね》を寄せた。

「知っているのか」

「……………」

「知っているのか知らないのか」

「なんでそんなことをきくんだ？」

「政吉が番頭殺しで捕まったんだ。そしたら、吟味与力の取調べで、番頭は殺していないが、藤兵衛夫婦殺しは自分がやったと白状したそうだ」

「誰からきいたんだ？」

平助は恐ろしい形相《ぎょうそう》になった。

「奉行所の小者《こもの》だ。俺が源次のだちだと知っていて教えてくれたんだ。藤兵衛夫婦殺しの真の下手人は政吉だということを平助とっつぁんが知っていると訴えたそうだ」

「………」

「どうなんだ？　教えてくれねえか。政吉が言っていることはほんとうなのか。政吉が藤兵衛夫婦殺しの下手人なのか」

「政吉がほんとうに自分が殺したと言っているのか」

「そうらしい。平助さんが知っていると言っていたそうだ。もう源次は獄門になっているが、せめてほんとうのことを知っておきたいと思ってね」

菊二が平助に確かめる。

「とっつぁんはどうして政吉が殺《や》ったってことを知っているんだ？」

「夜遅く外に出て、井戸端に人影を見たんだ。それで近づいて行った。そしたら、男が手を洗っていた。そばに匕首が置いてあった。その匕首を摑んで俺を羽交い締《はがじ》めにした。俺はひとを殺してきた。このことを他で喋ったら、おまえを殺しにくると」

「じゃあ、そのときは誰を殺したのかは知らなかったのか」

「次の日、藤兵衛夫婦が殺されたと聞いて知った。だが、誰にも言えなかった」

「源次が藤兵衛夫婦殺しで捕まったときも黙っていたんだな」

「言えるはずねえ。言ったら、殺されると思っていたんだから。それに、無実なら取調べでわかると思っていたんだ」

平助は苦い顔で言い、

「だが、政吉が捕まったんなら、もう怖いことはない。源次さんの面目《めんぼく》を取り戻すために、俺は正直に喋るぜ」

まるで示し合わせたように、政吉の言ったとおりの返事だ。

「ほんとうに政吉を知らないのか」

「知るわけねえ。あの夜、井戸のそばで会ったきりだ」

「そうか。やっぱり源次は無実だったんだな。すまねえ、助かった。また、ききにくるかもしれねえ。そのときはよろしく」

菊二はそう言い、平助の前から立ち去った。

それから、菊二は妻恋町にある長屋に行った。

木戸を入り、洗濯物を干していた女に声をかける。

「政吉さんのことでお訊《たず》ねしたいんですが」

「政吉さんはいませんよ」

女は顔つきを曇らせた。

「へえ、わかってます」

「おまえさんは？」

女は訝《いぶか》しげにきいた。

「あっしは政吉さんと親しい平助ってひとから頼まれてやってきました」

「平助さん？」

「四十ぐらいの小柄《こがら》な男です。見かけたことはありませんか」

「ないわねえ」

「そうですか。じゃあ、源次ってひとに心当たりは？」

「いえ」

「政吉さんのところによく来ていた男を知りませんかねえ」

「訪ねてくるひとはあまりいませんでしたよ」

「そうですかえ」

菊二は声をひそめ、

「政吉さんに女のひとは訪ねてきませんでしたか」

「私じゃなく、隣の喜助《きすけ》さんにきいてみたら。今、仕事で出かけてますけど、夕方には帰ってきますよ」

「喜助さん、なにをなさっているんですか」

「羅宇《ラウ》屋ですよ」

「ああ、あそこですね」

腰高障子《こしだかしょうじ》に煙管《キセル》の絵が描かれていた。

「そうです」

「じゃあ、その頃、出直します」

菊二は会釈《えしゃく》して長屋木戸に向かった。

木戸を出たとき、菊二は前方から同心と岡っ引きがやってくるのに気づき、さりげなく顔を伏せた。木下兵庫という同心だ。

擦れ違ったあと、菊二は振り返る。同心と岡っ引きは今出てきた長屋木戸を入って行った。

夕方になって、菊二はまた妻恋町伊兵衛店にやってきた。

喜助の家の前に立った。

「ごめんなさいよ」

声をかけ、戸を開ける。

部屋に男の姿があった。商売道具が置いてある。

「喜助さんですかえ」

「誰でえ」

「へえ、菊二と言います。政吉のだちでして」

「政吉さんの？」

喜助は怪訝そうな顔をした。

「へえ。政吉はあんなことになっちまって戸惑《とまど》っておりますが、ちょっと教えていただきたいことがありまして」

「教えるたって、俺は隣同士ってだけで、そんなによく知っているわけじゃねえ」

「そうですかえ。でも、隣に誰かが訪ねてきたら気づきますよね」

「夜ならな。昼間は仕事で出ているんでな」

「政吉さんのところによく出入りしていたひとはいませんか」

「清蔵《せいぞう》って男だ」

「喜助さんは、政吉が番頭殺しをしたと思いますかえ」

「わからねえが、ときおり冷酷そうな目つきをするので、ぞっとしたことがある。

隣同士だから会えば挨拶《あいさつ》をするが、それ以上の付き合いは……」

「政吉はどこかから金を借りていませんでしたか」

「金？」

「金貸しから」

「そういえば、だいぶ前だが、俺に金を貸してくれと頼みにきたことがある」

「貸したんですか」

「体《てい》よく断った。その代わり、金貸しを教えてやった」

「誰ですか」

「本郷三丁目にある金貸し藤兵衛だ」

「金貸し藤兵衛……」

菊二はすかさず、

「三月前に押込みがあったところですかえ」

「そうだ、藤兵衛夫婦が殺されたおかげで金を返さずにすんだとほくそ笑んでいたのを覚えている」

「そうですかえ。政吉は金貸し藤兵衛から金を借りていたんですか」

「そうだ。だいぶ借りていたようだ。それがちゃらになったんだから悪運が強いぜ」

「どうして、そんなに金が必要だったんですか」

「女だろう」

「政吉に女がいたんですか」

「そうらしい」

「どこの女かわかりますかえ」

「さあ、そこまでは聞いてねえ」

「その女を知っていそうなひとを知りませんか」

「わかるはずねえ。もういいかえ、飯の支度《したく》をしなきゃならねえんだ」

「こいつはすまねえ。どうも邪魔をしました」

菊二は長屋から引き上げた。

そして、その足で、八丁堀を目指した。


翌日、お白洲に政吉が連れてこられた。

政吉は胸を張って城之進を見つめている。

「政吉。前回に引き続き、『松代屋』の番頭増太郎殺しについて取り調べる」

「それより、金貸し藤兵衛殺しを調べていただけますかえ」

「何度も言うようだが、ここは番頭増太郎殺しについて詮議をする場である。藤兵衛夫婦殺しは関わりがない」

「あっしには関わりがあるんですがね」

「黙れ」

城之進は一喝し、

「証人をこれへ」

城之進が声をかけると、同心が五十年配の男を連れてきた。

政吉の横に少し離れて座る。

「池之端仲町《いけのはたなかちょう》の『升田屋《ますだや》』の主人升三郎《ますさぶろう》か」

「はい、さようでございます」

「『升田屋』は何の商《あきな》いをしているのだ？」

「道具屋でございます」

「刃物も売っているのか」

「はい」

「匕首もあるのか」

「ございます」

「そこにいる男を見ろ」

升三郎に政吉を見るように言う。

「顔を覚えているか」

「はい。一度、お客で来ました」

「何を買い求めたのだ？」

「匕首でございます」

「それはいつだか覚えているか」

「はい、四月四日でございます」

「これへ」

下男が手にしたものを升三郎の前に置いた。

「それはそなたが売ったものか」

「いえ」

「なに、違うと申すか」

「はい。似ていますが、柄《つか》の刻印が違います」

「そなたは定町廻り同心には同じだと答えたのではないか」

「いえ、他のものと違いがあるかときかれたので、『サ』という黒い刻印があるとお話ししました。この柄は『まるにサ』の字です」

「単なる『サ』と『まるにサ』の二通りの刻印があるというのか」

「さようでございます」

「その匕首は『升田屋』で売ったものではないのだな」

「はい。違います」

兵庫は升三郎に得物《えもの》の匕首を見せたわけではないのだ。店に行って話を聞いただけだったのだ。

しかし、だからといって、政吉の言い分が通るわけではない。

城之進は升三郎が引き上げたあと、

「政吉」

と、声をかけた。

「そなたは、なぜ騒動の前日に『升田屋』にて匕首を買い求めたのだ?」

「護身のためです」

「それ以前は、匕首を持っていなかったのか」

「そうです」

「調べればわかることだ」

「でも、これで番頭を殺したのはあっしではないことをわかっていただけたんじゃありませんか」

政吉が笑みをたたえて言う。

「いや、そなたはもう一本、匕首を持っていたのだ。それで殺したのではないか」

「その証はありますかえ」

「あくまでも殺したのは自分ではないと言うのか」

「さようで。やっていないものはやっていません。金輪際《こんりんざい》、やったとは言いませんぜ」

「そうか」

「どうぞ、拷問におかけください。そこで、御徒目付に藤兵衛夫婦殺しを訴えます」

「無駄なことだ」

「寺男の平助はなんて言ってましたね。まだ、確かめていないのなら、すぐに確かめていただけませんかね。もし、それじゃ足りないって言うなら、おせんという女にきけばわかります」

「……」

「本郷菊坂町に住んでいます。藤兵衛夫婦を殺したあと、おせんに盗んだ金を渡しました。百両そっくりでさ。どうですね、それがあっしが藤兵衛夫婦を殺し、百両を盗んだという証になりませんかえ」

「政吉、そなた何を企《たくら》んでおるのだ?」

「何も企んじゃいませんぜ。ただ、真実を打ち明けたくなっただけです」

政吉は胸を張って言った。

城之進はもはやこのまま無視することはできないと思うようになった。

三

その日の詮議をすべて終えたあと、城之進は年番方《ねんばん》与力部屋に行き、与力の筆頭である赤井十右衛門《あかいじゆうえもん》のもとに出向いた。

「赤井さま。お話が」

城之進が声をかけると、十右衛門は文机《ふみづくえ》の書類から顔を上げた。

「何か」

「別間で」

「よし」

何かを感じとったように厳しい顔になって、十右衛門は立ち上がった。

隣の小部屋で向かい合った。

「由々《ゆゆ》しきことが」

城之進は政吉が藤兵衛夫婦殺しの真の下手人だと訴え出たと切り出した。

「助かりたいために、そのようなことを言い出したのではないか」

「私もそうかもしれないと思いました。なれど、政吉は下手人でなければ知り得ない藤兵衛の手のひらの傷を知っていました。その他、いくつか政吉の言うことを裏付けるような証が……」

「ばかな。政吉が下手人であるはずはない。すでに、仕置きは終えているのだ」

十右衛門は焦《あせ》ったように言う。

「それより、政吉は番頭殺しを認めていません。これからも認めることはないでしょう。そうなると、拷問にかけざるをえません、政吉はそれを狙っています」

「どういうことだ？」

「拷問に立ち会う御徒目付に訴えると」

「なんだと」

奉行所与力、同心の取締は御徒目付の役目だ。

「しかし、そんなことを御徒目付がとりあうと思うか」

「わかりません。もしかしたら、とりあうかもしれません。政吉の言い分にいくらか耳を借してもいいようなことがあります」

「政吉が藤兵衛殺しの下手人ということもあり得ると言うのか」

「はい」

「下手人はとうに獄門になっているのだ。捕り違い、吟味違いをしたではすまされぬ」

十右衛門は口から唾《つば》を飛ばして激しく言う。

「はい。死罪にしてはいけない者を獄門にしたということが世間に知れたら南町の信頼は地に堕《お》ちまする」

「源次を捕まえたのは誰だ？」

「小浜鉄太郎です。吟味与力は塚田惣兵衛どの」

「そのふたりだけの責ではすむまい。お奉行も最後に獄門を受け入れたのだ」

十右衛門は嘆息し、

「どうしたらいいのだ？」

と、呻《うめ》くように言った。

「とるべき手立ては三つ」

城之進は膝《ひざ》を進め、

「ひとつ目は政吉の言うことをなかったことにし、このまま番頭殺しの取調べを続ける。拷問にかけることになりますが、その際、御徒目付に訴えられても当方はゆらぐことなく政吉が下手人で押し通す」

「無理だ。御徒目付が動く。だめだ」

「ふたつ目は政吉を拷問にかけず、番頭殺しの取調べを引き延ばす。その間に、藤兵衛夫婦殺しをもう一度調べ直して政吉の仕業ではないことを明らかにする。その上で、政吉を拷問にかける」

「政吉の仕業ではないことを明らかにできるのか」

「わかりません。政吉の疑いが強くなることも考えられます。それに、引き延ばしとわかれば、政吉は牢内で藤兵衛夫婦殺しは自分だと言いふらすでしょう」

「だめだ」

十右衛門は首を横に振った。

「残る手段は、政吉を番頭殺しの疑いはないとして解《と》き放《はな》すことです」

「なに、罪人に屈服するというのか」

「はい。そうすれば、藤兵衛夫婦殺しのことも言い出さないでしょう。政吉と取り引きをするしかありません」

「ばかな。それでは南町の敗北ではないか」

「では、それ以外に何か策がおありでしょうか」

「それは……」

「残念ながら、当方には藤兵衛夫婦殺しで政吉に張り合うものを持ち合わせていません。政吉を解き放ち、その間に藤兵衛夫婦殺しを調べ直すのです。やはり、源次が下手人で間違いないとなれば、改めて政吉を番頭殺しで捕縛すればいい」

城之進は息を継いで、

「また、万が一、政吉の言うとおりであったら、そのときは改めて過ちを認め、何らかの責を……」

「責はどこまで及ぼうか」

十右衛門は茫然《ぼうぜん》と言う。

しばらく考えていたが、

「わしの一存では決められぬ。お奉行に相談だ」

十右衛門は立ち上がって見習い与力にお奉行の都合をききにいかせた。

すぐに戻ってきて、

「今でもよろしいそうです」

と、見習い与力は告げた。

それから十右衛門と城之進はお奉行のもとに伺い、内密な話という十右衛門の言葉に三人だけで会った。

南町奉行大竹《おおたけ》佐渡守《さどのかみ》孝則《たかのり》は四十五歳で、鬢《びん》に白いものが目立つが、顔の色艶《いろつや》はよく、若々しい。

「内密な話とは何か」

奉行は促《うなが》した。

「お奉行。望月城之進より話を」

十右衛門が口を開く。

「なにやら深刻そうな様子だが」

佐渡守は城之進に向け、

「話してみよ」

と、促した。

「はっ」

城之進は頭を上げ、

『松代屋』番頭の増太郎殺しで政吉の取調べをしたところ、政吉がとんでもないことを言い出しました」

そう言い、金貸し藤兵衛夫婦殺しのことを話した。

「政吉が殺《や》ったと?」

奉行は顔を曇らせた。

「政吉の訴えを無下《むげ》にできないのは真の下手人でなければ知りえないことを口にし、さらにそれを裏付けることを言う者がおります」

「政吉は真のことを言っているのか」

奉行は厳しい顔できく、

「何かからくりがあるやもしれませぬが、今の段階では政吉の言い分に物言いできませぬ」

「政吉の狙いはなんだ?」

「番頭殺しの罪から逃《のが》れたいのでございましょう」

城之進は苦々しい思いで言う。

「お奉行。藤兵衛夫婦殺しはすでに源次と申す者が獄門になっております。政吉の言う通りだとしたら、我らはたいへんな間違いをしたことになります」

「うむ」

奉行は深くため息をつき、

「どうすればいいのだ?」

と、十右衛門と城之進の顔を交互に見た。

「すべからくやらねばならないのは藤兵衛夫婦殺しの調べ直しです」

城之進は進言する。

「確か、小浜鉄太郎であったな。吟味は塚田惣兵衛」

「ですが、同じ者が調べても新たな証は見つかりませぬ」

小浜鉄太郎も塚田惣兵衛も間違ったとは思っていないはずだ。それに、調べ直すとしたら反発するかもしれない。

「それに、これは内密にやらねばなりません。調べ直していることが噂《うわさ》でも広まってはなりません」

「では、誰にやらせるのだ?」

「奉行所の者では無理です。仮に隠密同心《おんみつ》が動いたとしても、万が一のことがあった場合、悟られるやもしれません」

「万が一の場合とは？」

十右衛門が口をはさんだ。

「たとえば、小浜鉄太郎が藤兵衛夫婦殺しを調べている者のことを耳にして逆に探索をしはじめたら、ちと面倒なことになりかねません。隠密同心が動いたことに、反発を覚えかねません」

「では、どうするのだ？」

奉行がきく。

「私に任せていただけませぬか」

城之進は身を乗りだして言う。

「そなたに？」

「私が使っている男に調べさせます」

「お奉行。ここは望月城之進に任せてはいかがでしょうか」

「いいだろう」

「ありがとうございます。それからもうひとつ」

城之進は息を整え、

「政吉を放免したいと思います」

「なに、放免する？」

奉行は目を剝《む》いた。

「はい。このままでは政吉を拷問にかけることになります。御徒目付への訴えを防ぐためには放免しかありません」

「政吉の思い通りにさせるのか」

奉行は憤然《ふんぜん》という。

「じつは番頭殺しで政吉の仕業と言い切れない証が出てきました」

「証とな？」

「はい」

大工の平太の証言と匕首を売った道具屋の証言などを考えあわせると、政吉が下手人だと言い切れないところがある。

城之進はその内容を語り、

「ですが、殺しで使った匕首はもともと持っていたもの。政吉はわざと道具屋から匕首を買い求めたとも考えられます」

「なんのためにか」

「わかりませんが、政吉は番頭殺しを認めないことで藤兵衛夫婦殺しが捕り違いだったことを訴えようとしているのです」

「なんのために、そのような手の込んだことを？」

「わかりません。南町に恨みがあり、藤兵衛夫婦殺しが吟味違いだったことを世間に訴えようとしたのかもしれません。おそらく、拷問のときに御徒目付に政吉が真の下手人だという間違いない新たな証を持ち出すつもりなのかもしれません」

「それが狙いか」

「わざと捕まり、その上で放免を狙っています。単に、番頭殺しの罪を逃れたいためではありません。なんのために、そのようなことを企んだのか。それを確かめるためにも政吉を泳がせたいのです。決して、政吉の脅しに屈したわけではありません。この政吉の見張りは引き続き木下兵庫に当たらせたいと思います」

「お奉行、いかがでしょうか」

十右衛門が確かめる。

「解き放ちのあと、政吉が何かを仕掛けてくることは考えられぬか。藤兵衛夫婦殺しで改めて名乗り出てくることは？」

「名乗り出ただけでは門前払いを食らう。相手にされないとわかっているから、このような手立てをとったのだと思います。また、いきなり御徒目付に訴えてもとりあってもらえない。そう思ったから、お白洲において訴え出るという手立てに出たのではないかと思われます。それから」

城之進は続ける。

「これだけの大掛かりな企みは政吉ひとりではできません。仲間がいると思います。もっといえば黒幕が……。それをあぶりだすためにも政吉を泳がせるのが得策かと」

「わかった」

奉行は頷き、

「しかし、藤兵衛夫婦殺しを取り調べた塚田惣兵衛には話を通しておいたほうがよくないか。吟味違いの責は惣兵衛に向けられるのだ」

と、懸念を口にした。

「確かに仰るとおりでございますが、塚田どのは自分の取調べに何ら疑いを持っていません。一度、政吉の言い分を伝えましたが一笑に付していました。あくまでも、塚田どのには内密で行なうべきかと。やはり、塚田どのの調べに間違いがなければそれでよし、万が一捕り違いがはっきりしたら、その時点で改めて対応を考えたいと」

「そうか。あいわかった」

「申し訳ありません。その意味でも隠密同心は使いたくないのです。万一、塚田どのに問い詰められたとき、打ち明けてしまうかもしれませんので。それから、藤兵衛夫婦殺しを調べるのは私の一存で、お奉行も赤井さまもお聞き及びではなかったことに」

「わかった。しかし、周りから政吉無罪の落着に訝しがられないか」

死罪などの生命刑の宣告は吟味方与力が牢屋敷に出張して行なうが、遠島以下の刑は町奉行がお白洲で行なうのだ。

「先ほども申しましたように、政吉にとって都合のいい証が出ています。それでも、まさか、これだけで無罪になるとは思っていないでしょうから、政吉の出ばなをくじくことになるはずです」

「よし。すべてそなたに任せよう」

奉行は縋《すが》るように言う。

「望月どの。頼みましたぞ。南町の名誉がかかっておるのだ」

「はっ」

南町の名誉という言い方をしたが、十右衛門は塚田惣兵衛と小浜鉄太郎、さらにいえば奉行の大竹佐渡守の首がかかっていると言いたかったのだろう。

城之進はさっそく政吉の無罪放免に向かって動きだした。

四

どんよりとした空で季節が戻ったような肌寒い日だ。南町奉行所の門から羽織《はおり》姿の大家とともに三十歳ぐらいの男が出てきた。両頰が窪み、頰骨が突き出ており、先の尖った鷲鼻から政吉に違いないと、菊二は思った。

政吉はお白洲で、お奉行から無罪を申し渡されたはずなのに、どこか不服そうな様子だった。やはり、解き放ちになることを見越していなかったようだ。

政吉は数寄屋橋《すきやばし》御門をくぐった。雨模様の空にも拘《かかわ》らず、商人や職人、武家の妻女や商家の娘、僧侶や大道芸人たちなど大通りはたくさんのひとが行き交っている。

他に政吉を尾《つ》けていく者がいないか、菊二は辺りに気を配る。いないのを確かめて、政吉を追う。

日本橋を渡って、本町《ほんちょう》に差しかかった。目の前を急に駕籠《かご》が横切り、菊二はあわてて足を止めた。

駕籠が去ったあと、菊二はおやっと思った。前方に大家の姿があるが、政吉の姿はない。あわてて四つ角まで走った。

本町通りの左右を見ると、大伝馬町のほうに政吉の姿があった。まっすぐ妻恋町の伊兵衛店に帰ると思っていたが、どこかに寄るらしい。

菊二も本町通りに入る。大店《おおだな》が並ぶ本町通りも人通りが多く、政吉の姿が見え隠れしている。

政吉は横山町《よこやまちょう》三丁目に入り、途中にあったそば屋に入った。

菊二にある考えが浮かんだ。政吉は尾けられていることを見越しているのかもしれない。そう思い、急いでそば屋の裏手にまわった。

案《あん》の定《じょう》、政吉がそば屋の裏から去っていくのが見えた。菊二はあとを追う。

それから、政吉は路地を何度も曲がり、岩本町《いわもとちょう》にやってきた。途中、何度も振り返っていた。

今度は居酒屋に入っていった。すでに暖簾《のれん》が出ている。菊二は戸口から中を覗い

たのか。

酒が運ばれると、政吉は茶碗に注いで呷《あお》るように呑んだ。牢暮しで酒に飢えてい

た。夕方までに間があるというのに、何人か客がいた。

政吉は小上がりに腰を下ろしていた。小女に注文をしている。

菊二は戸口から離れた。念のために裏口にまわってみたが、商家の土蔵と接して

いて、通りに出るには今菊二が入ってきた路地しかないようだった。

安心して通りに戻り、居酒屋の戸口を見通せる斜向《はすむ》かいの荒物屋《あらものや》の脇に立った。

四半刻《しはんとき》（三十分）ほどして様子を見にいく。

政吉はまだ小上がりに座っていて立つ気配はない。また、荒物屋の脇に戻る。

職人ふうの男が暖簾を掻き分けた。しばらくして、今度は着流しの細身の浪人が

店に入っていく。

まだ、政吉は出てこない。菊二は戸口に向かう。

中を覗くと、政吉が熱心に浪人に話しかけていた。浪人は湯呑みを片手に聞いて

いる。

さっきと座っている場所が違うのは、政吉のほうから浪人に近づいていったのだ。

菊二は店に入った。浪人の背中合わせに小上がりに座った。遠くからでは細身に

見えたが、間近では背中が広く感じられた。

小女がやってきた。

「酒だ。肴《さかな》は適当に見繕《みつくろ》ってくんな」

そう言い、背後の会話に耳を傾ける。

「相手は誰だ？」

「そいつはご勘弁を」

「敵を知らねば守ることは難しい」

「落ち着いたらお話しします」

「いいだろう」

浪人が答えている。

「それより、なぜ、俺を？」

「ここで何度かお見かけして」

小女が酒を運んできた。

「すまねえ」

菊二は猪口《ちょこ》に酒を注ぐ。

浪人に用心棒の依頼をしているようだ。政吉は何者かに命を狙われる危険を感じているようだ。

浪人は三十前後。細身に見えるが、剣の腕は立つのかもしれない。

そのうち、声が聞こえなくなった。やがて、浪人が立ち上がる気配がした。

「あら、もうお帰りですか」

小女が浪人に声をかけた。

「またあとで出直す」

浪人はそのまま出て行った。

しばらくして、政吉も立ち上がった。

「姐《ねえ》さん。ここに置くぜ」

「はあい」

小女は大きな返事をする。

菊二も残っていた酒を急いで呑み干し、勘定《かんじょう》をすまして店を出た。

薄暗くなっていた。左右を見回すと、かなたに政吉の姿が見えた。菊二は急いであとを追った。

だが、ふいに行く手を遮《さえぎ》られた。

菊二はあっと声を上げた。さっきの浪人だ。

「おまえは何者だ？」

「別に怪しい者じゃありません」

「さっき、ひとの話を盗み聞きしていたな」

「そんなことございません」

「隠すな。あの男にどんな用があるのだ？」

「別に用だなんて」

菊二は言い淀《よど》む。

「とぼけても無駄だ」

「……………」

「名は？」

「旦那。失礼でございますが、ひとの名を訊ねる前に自分から名乗るのがふつうじゃありませんか」

「それもそうだ」

浪人は素直に頷き、

「俺は舞阪源三郎《まいさかげんざぶろう》だ」

「舞阪さまで。あっしは菊二と申します」

濃い眉《まゆ》に切れ長の目とすっとした鼻筋は冷たい印象を与えた。

「あの男をどこから尾けてきたのだ？」

「その前に、舞阪さまはあの男から何を頼まれたのですかえ。用心棒ですかえ」

「そういうことだ。だが、要領を得ぬ話だ。あの男は何か隠している。そなたは何か知っているのか」

「詳しくは知りません。ただ、あの男はひと殺しの疑いで捕まったんですが、きょう晴れて無罪になって解き放ちになったんですよ」

「なるほど。牢屋敷にいる限り、命を狙われる心配はなかったが、いざ解き放ちとなって娑婆《しゃば》に出たら、たちまち不安に襲われたか」

源三郎は口元を歪めた。

「きょうはあの男をひとりで帰していいんですかえ」

「言いも悪いもない。用心棒は断った」

「えっ、断ったんですかえ」

「そうだ。手当ても悪く、何かを隠しているようだったのでな。おれははっきりせぬ仕事は受けぬことにしている」

「では、なぜ、あっしの邪魔をしたんですかえ」

「盗み聞きしていたからだ。だから、正体を掴もうとわざと先に店を出たのだ」

「お見通しだったってわけですか」

「しかし、あの男が不安を覚えるのも根拠がないわけではないな。だとしたら、きようだって……」

雨催《あまもよ》いのせいか、すでに辺りは暗くなってきた。

「あの男の住まいを知っているか」

「妻恋町の伊兵衛店だそうです。舞阪さま。まさか、用心棒を引き受けようっていうんじゃ……」

「乗り掛かった舟だ」

いきなり、源三郎は踵《きびす》を返した。菊二はあわてて追いかけた。

舞阪源三郎は柳原《やなぎわら》通りに出て八辻ヶ原《やつじがはら》のほうに向かった。空はすっかり濃紺に染まって、かなたの民家に明かりが灯《とも》った。

筋違橋《すじかいばし》を渡り、明神下《みようじんした》を経て、妻恋坂を上がった。

途中、妻恋稲荷の前に差しかかったとき、境内から男の怒声が聞こえた。

源三郎は急いで境内に飛びこんだ。政吉が銀杏《いちよう》の樹に追い詰められ、覆面をした侍がいままさに剣を振り下ろそうとしていた。

「待て」

源三郎は叫びながら駆けつける。

覆面の侍は源三郎に振り向いた。源三郎は駆けつけ、覆面の侍と対峙《たいじ》する。

「俺が相手だ」

源三郎は剣を抜いた。

覆面の侍は無言で斬りつけてきた。源三郎は相手の剣を弾《はじ》く。相手は続けざまに斬り込んできた。

源三郎は余裕をもってかわし、相手が疲れたのを見てとり、

「今度はこっちから行く。覚悟せよ」

源三郎が剣を八相《はっそう》に構えたとき、どこからか指笛が聞こえた。

覆面の侍がいきなり鳥居に向かって駆けだした。仲間がいたことに気づかなかった。迂闊《うかつ》だったと思いながら、政吉のそばに行く。

「だいじょうぶか」

「へい」

「何者だ？」

「わかりません」

「そなたの命を狙っている者ではないのか」

「そうともいえないんです」

「どうしてだ？」

「あっしが、きょう解き放たれたことを知らないはずだからです。さっきの賊は知っていた」

「すると、そなたが警戒していた相手と別の敵がいるということか」

「そうとしか……」

政吉は苦しそうに呟《つぶや》き、

「でも、舞阪さま。おかげで助かりました。それにしても、なぜここに」

と、きいた。

「うむ。やはり、そなたのことが気になってあとを尾けたのだ。そしたら、ほんとうに襲われた」

あえて菊二のことは伏せた。

「そうですかえ。舞阪さま。改めてお願いいたします。手当てのことは十分に考えますので」

「敵の正体を教えるのだ」

「今はご勘弁ください。いずれお話しいたします」

「なぜ、今ではだめなのだ？」

「じつはあっしの目論見《もくろみ》が外れてしまいました。これからどうするか。立て直しを考えたあとでお話をいたします」

「まあいい。そなたの警固《けいご》を引き受けよう」

「ありがとうございます」

「どこまで帰るのだ。用心のために送っていこう」

「へえ」

政吉は妻恋坂の伊兵衛店の一番奥の部屋に入った。

「では、明日の朝、ここを訪ねる」

「へい」

源三郎は長屋木戸を出た。そこに、菊二が立っていた。

妻恋坂を下りながら、

「さっき指笛を鳴らした男を見なかったか」

「見ませんでした。湯島天満宮《ゆしまてんまんぐう》の参道のほうまで覆面の侍を追ったのですが、見失ってしまいました」

「そうか」

「舞阪さまは政吉の用心棒を引き受けることになったのですか」

「引き受けた」

「政吉にあっしのことを話したんでしょうか」

「話す必要もない」

「助かります」

「その代わり、いろいろ話してもらいたい。まず、そなたは何者なのだ？」

「いずれ折りを見まして」

「そなたまでもったいをつけるのか」

「へえ、申し訳ございません」

「まあ、いい。実を言えば、それほど知りたいわけではないのだ。聞いたって仕方ない」

源三郎は苦笑した。

「舞阪さまのお住まいはどちらですかえ」

菊二がきいた。

「岩本町だ。さっきの居酒屋の近くの長屋だ。俺はひとりで帰る。ここで別れよう」

源三郎は菊二と並んで歩くのを拒《こば》んだ。

風が出てきたのか雲の流れが速かった。天気が変わりそうだ。

岩本町に戻り、源三郎はさっきの居酒屋の暖簾をくぐった。

「そろそろ暖簾を下げるんです」

小女が眉根を寄せて言う。

「わかっている。酒だ。あと猪口はいらぬ。茶碗だ」

源三郎は小上がりに腰を落ち着けた。

小女が酒を持ってきた。茶碗に注いで呑みはじめる。

「旦那」

目の前に女が座った。

「なんだ、お藤《ふじ》か」

「なんだとはご挨拶じゃありませんか」

女髪結いのお藤は徳利《とっくり》を手にしていた。

「さあ、どうぞ」

源三郎は空《から》になった湯呑みを差し出す。

「そろそろ、ここはおしまいよ。あとはうちで呑み直しましょうよ」

色っぽい目つきでお藤が言う。お藤は二十六歳で、ひとり身だ。男嫌いで通っているが、源三郎には色目を使う。

「俺は女より酒がいい」

「同じね。私も男よりお酒」

また、お藤は妖艶な笑みを浮かべた。

「そなたほんとうに髪結いか」

「そうですよ。廻り髪結い。どうして？」

「いや」

芸者のほうが似合いそうだと口に出かかった。

他の客はいなくなっていた。小女が何か言いたそうに立っている。

「さあ、行きましょう」

お藤に急《せ》かされて、源三郎は立ち上がった。

外に出ると、夜空は晴れていた。

「いいお月さま」

お藤が無邪気《むじゃき》に喜んでいる。

月の光を浴びて艶を増した木々の緑に夏めいたものを感じた。江戸に来て何度目の初夏を迎えるのか。用心棒稼業で糊口《ここう》をしのぐしか能のない己《おのれ》のふがいなさにときおり胸が張り裂けそうになる。

望んでこのような暮しをしてきたわけではないが、いまでは身も心もどっぷり浸かっている。

かつては殿のおそば近くに仕えた身だったが、それもだんだん遠い昔になっていく。こんな生き方をするようになるとは思ってもいなかった。

「旦那、どうしたのさ、そんな顔をして」

お藤が源三郎の顔を覗き込み、

「ときたま、そんな寂しそうな顔をするんだから」

と、詰《なじ》るように言う。

「なんでもない。さあ、早くおまえのところに行って酒を呑もう」

このやるせない気持ちは酒で紛《まぎ》らわせるしかないのだと、源三郎は自嘲《じちょう》してお藤の家に向かった。

五

望月城之進は濡縁《ぬれえん》に出た。昼間のどんよりした空が嘘のように晴れ、月影が庭の藤棚を浮かび上がらせている。

背後に足音がした。

「おまえさま」

妻女のおゆみが声をかけた。

「菊二さんがいらっしゃいました」

「よし、通してくれ」

「はい」

おゆみが玄関に向かった。

城之進が部屋に戻ってほどなく菊二がやってきた。

「こんな夜分に申し訳ございません」

「いや」

「じつは政吉が何者かに襲われました」

「なんだと」

城之進は思わず大声を出した。

政吉が岩本町の居酒屋に入ったところから菊二は語りだし、舞阪源三郎という浪人との関わりから、政吉が妻恋坂の途中にある妻恋稲荷の境内で覆面の侍に襲われ、危ういところを舞阪源三郎が助けたことまでを話した。

「政吉は、舞阪源三郎に用心棒の依頼をしたようです。舞阪源三郎は、牢屋敷にいる限り、命を狙われる心配はなかったが、いざ解き放ちとなって娑婆に出たら、たちまち不安に襲われたか、と言ってました」

「牢屋敷にいる限り、命を狙われる心配はない……」

城之進はその言葉を繰り返した。

「やはり、政吉は藤兵衛夫婦殺しの捕り違いを暴くために、番頭殺しでわざと捕まったのか。そうだとしたら……」

城之進は愕然《がくぜん》とした。

藤兵衛夫婦殺しで真の下手人が政吉だった場合、小浜鉄太郎の捕り違い、そして、塚田惣兵衛の吟味違いということになる。無実の者を死罪にしたのだとしたら御役御免になるであろう。

「城之進さま。きょう、政吉が解き放ちになったことを知っていた人物は奉行所の者以外には誰がいるのでしょうか」

菊二が口をはさむ。

「奉行所の者だけだ」

城之進は憤然と言う。

政吉は生きている限り、常に怯《おび》えて暮らしていかねばならない。だが、ほんとうに藤兵衛夫婦殺しは政吉の仕業なのか。

政吉が襲われたのは事実だ。そして、政吉が解き放ちになったことを知っていた人物は奉行所にいる。

そう考えていけば、疑いの目は小浜鉄太郎、あるいは塚田惣兵衛に向かわざるを得ない。しかし、ふたりがそこまで追いつめられているとは思えない。城之進が政吉の訴えを話したときも、ふたりは歯牙にもかけなかった。

ふたりのうちのいずれかが政吉を亡き者にしようとするなどあり得ない。そう思ったが、ある考えが浮かんで愕然とした。

政吉には仲間がいるかもしれない。その仲間がひそかに小浜鉄太郎と塚田惣兵衛を脅していたとしたら……。

政吉の狙いはふたりから金を脅し取ることにあったとしたら……。

「難しいことになった」

城之進は呻くように言い、ふたりが脅されている恐れを述べた。

「強請《ゆす》る相手はやはり与力の塚田さまのほうが金になります。政吉に刺客《しかく》を送ったのは塚田さまでは」

菊二も応じる。

「軽々に口にするものではないが、考えられることはひとつひとつ潰していくしかない。舞阪源三郎とはどのような男だ?」

「見かけは酒浸りの浪人のようですが、一本筋の通った人物に思えます。あっしの勘でしかありませんが、案外と信頼できそうです」

「よし。その者に近付き、政吉の様子を聞き出すのだ。そして、その者が信頼にたる人物であれば、わしが会おう」

「舞阪さまに協力を仰《あお》ぐので?」

「そうだ。そなたには源次のことを調べてもらいたい。小浜鉄太郎と塚田惣兵衛に恨みを持つとしたら源次に近しい者だ。その者と政吉がつるんでいるのかもしれぬ。源次のことを調べつつ、舞阪源三郎に近づくのだ」

「わかりました」

菊二は大きく頷いた。

「すっかり、政吉に翻弄《ほんろう》されている」

城之進は吐息を漏らした。


翌朝、城之進は無地の黒の肩衣《かたぎぬ》に平袴という出で立ちで、槍持ち、草履《ぞうり》取り、挟箱持ち《はさみばこ》に若党を連れて八丁堀の屋敷を出た。

柳の葉も青々とし、陽光を受けて楓川《もみじがわ》の水面《みなも》はきらめき、さっと吹きつける風にも初夏らしい潑剌《はつらつ》さを感じる。

だが、城之進の心は暗く重かった。無実の者を死罪にしたことが事実であれば、南町の面目が丸潰れであるだけでなく、信用失墜であり、これからの詮議にも悪影響を及ぼそう。無実を訴える者が続出するのではないかという危惧が芽生《めば》える。また、過去の落着した騒動への不審も取り沙汰《ざた》されるかもしれない。

しかし、だからといって、政吉を消して保身を図ろうなどとはもっての外だ。そのようなことをしたら、それこそ南町は江戸の人々から見放される。

数寄屋橋御門をくぐり、南町奉行所に向かった。今月は南町の月番であり、正門は大きく八の字に開いている。城之進は長屋門の右にある小門をくぐった。

門を入った左奥は仮牢で、きょうも取調べのために小伝馬町の牢屋敷から何人もの囚人が送られてきていた。

まっすぐ突き当たりの玄関に向かい、城之進は式台に上がり、左に向かう。すぐに公事人《くじにん》控所があった。すでに、訴訟を待つ人々が集まっていた。

城之進は吟味方与力詰所に入った。吟味方与力は現在四人いるが、すでに塚田惣兵衛が出仕していた。

城之進が文机の前に座ると、見習い与力が茶を持ってきた。

「ごくろう」

礼を言い、湯呑みを口に運んだとき、

「望月どの」

と、塚田惣兵衛に声をかけられた。

湯呑みを置いて、惣兵衛に顔を向ける。

「昨日、政吉を解き放ったそうだの」

惣兵衛がきいた。

「はい。無実の証が出て参りまして」

「ほんとうに無実だったのか」

「はい」

「じつは木下兵庫がわしに訴えた。政吉は下手人に間違いない。これでは私が捕り違いをしたことになってしまうとな」

「なぜ、木下兵庫は私ではなく塚田さまに訴えたのでありましょうか」

城之進は疑問を口にした。

「そなたには言いにくかったのであろう」

「さようでございますか。私が政吉を解き放したのは、仮に政吉が真の下手人だったとしても、今の証では罪に問えないからです」

「ならば拷問にかければよい」

「それは無茶にございます」

「よいか。罪を犯した者はいろいろな弁明をし、素直に罪を認めようとはせぬ。だから拷問にかけるのではないか」

「お言葉ではございますが、逆に無実の者が拷問によって、やってもいない罪を認めてしまうこともあるのではございませぬか」

「やっていると信じるからこそ拷問にかけるのだ」

「政吉にはそう思える証が不十分でした」

「そなた、まさか」

惣兵衛の顔色が変わった。

しかし、すぐに口をついて出てこなかった。

「なんでございましょうか」

「いや、なんでもない」

藤兵衛夫婦殺しの件を言おうとしたのか。

「もう、よい」

惣兵衛は憤然と立ち上がった。

「塚田さま」

城之進は呼び止めた。

「なんだ？」

「近頃、何か変わったことはございませんか」

「変わったこと？」

「何者かが言い掛かりをつけてきたとか」

「………」

惣兵衛は眉根を寄せ、

「言い掛かりをつけられる覚えはない」

と、叩きつけるように言い、自分の席に戻った。

「兵庫には私から話しておきます」

惣兵衛の背中に向かって、城之進は声をかけた。


夕方、その日の詮議を終えたあと、城之進は木下兵庫を呼んだ。同心詰所に戻ったばかりの兵庫はすぐ城之進のもとにやってきた。

兵庫の顔を見つめ、

「政吉の件であるが」

と、切り出す。

「大工の平太は取調べでは、政吉は刃物を持っていたかどうかわからないと答えた。また、道具屋は得物の匕首は前日に政吉が買い求めたものではないと明言した」

「……」

「そなた、得物の匕首を道具屋に見せて確かめなかったのか」

「はい。政吉が買い求めたのは柄に『サ』の刻印がある匕首だと聞いて……」

「得物は『まるにサ』の刻印であった」

「迂闊でございました」

兵庫は頭を下げた。

「そなたは番頭殺しは政吉に間違いないと思っているのか」

城之進は確かめる。

「はい」

まっすぐ顔を向けて、兵庫は答える。

「政吉は『松代屋』で、番頭の増太郎から咎《とが》められたことを逆恨《さかうら》みしていたのです。政吉は女を訪ねての帰りに増太郎と出くわして殴り掛かったと言ってましたが、あの辺りに政吉の言う女は住んでいませんでした。政吉は最初《はな》から増太郎の帰りを待っていて、殺したのです」

兵庫はさらに続けた。

「妻恋町伊兵衛店の天水桶《てんすいおけ》の裏に血の付いた匕首が隠してありました」

「政吉は真の下手人が自分をはめるためにわざとそこに隠したのだと言っている」

「増太郎に恨みを持つ者は他に見つかりませんでした」

「政吉の家の中は調べたのか」

「はい」

「増太郎と関わりを示すものは何かあったか」

「いえ」

「浜町堀で政吉を見かけた者は平太以外にいるのか」

「いえ」

「平太はいつ自身番に届けたのだ？」

「翌朝、増太郎の亡骸が発見されてからです」

「なぜ、一昼夜、亡骸は誰の目にも触れなかったのだ？」

「草むらに隠されていました」

兵庫は身を乗りだし、

「政吉は事情をききにいったとき、殺しについてほのめかしたのです。いえ、認めるような態度さえ見せていました」

「そうか。政吉はほのめかしていたか」

やはり、政吉はわざと捕まろうとしたのだ。

「望月さま。私は政吉が今でも……」

「兵庫、心配するな。もう少し慎重に調べを進めたほうがよかったが、そのほうの過ちではない。気にするな」

「はっ」

「それより、もう一度、番頭の増太郎の身の回りを洗うのだ。何か出てくるかもしれぬ」

「わかりました」

兵庫は平伏して引き上げた。

やはり、政吉は大きな企みのもとに捕まったのだ。単に、藤兵衛夫婦殺しの件だけなのか。もっと他に狙いがあるのか。

城之進は先の見えない霧の中に紛れ込んだような気がしていた。

第二章　刺客

一

朝早く深川の家を出て、菊二は本郷菊坂台町までやってきた。陽はだいぶ高く上っていた。源次が住んでいた長屋の木戸をくぐる。

路地の突き当たりに稲荷の祠があった。藤兵衛夫婦殺しの得物の匕首があの裏から見つかったのだ。

ふと横の部屋の腰高障子が開いて小柄な年寄りが出てきた。赤ら顔で小さな顔に皺《しわ》が目立つ。

「誰でえ、見かけねえ顔だな」

年寄りが咎めるように言う。

「へえ。じつは源次のことでちょっと」

「源次？」

年寄りは露骨に顔を歪め、

「源次は死んだ」

「へえ」

「知っていてなんで来たんだ？」

「じつは半年ほど江戸を離れてまして。帰ってきたら、源次があんなことになっていて。とっつぁん。源次はほんとうにひとを殺したのか」

「だから、獄門になったんだ」

「間違いってことはないのか」

「お上のやることに間違いはねえよ」

「でも、そんなだいそれたことができるような男には見えなかったが」

「女だ」

「女？」

「女に現《うつつ》を抜かして身を滅ぼしたんだ。あれほど、やめとけと言ったのに」

年寄りは吐き捨てた。

「女って誰なんだ？」

「白山権現《はくさんごんげん》の脇にある『たちばな』っていう料理屋の女中だ」

「名は？」

「お孝《こう》だ。金貸し藤兵衛から金まで借りるほど、源次はお孝に入れ揚げていたんだ」

「お孝に貢《みつ》いでいたのかえ」

「そうだ。源次はいっしょになるつもりだったようだが……。あんな女に出会わなきゃ、身を滅ぼすことはなかった」

　年寄りはやりきれないようにため息をついた。

「とっつぁんはお孝って女を知っているのか」

「知らねえ」

「知らないのに、どうしてお孝って女のことを悪く言えるんですかえ」

「……」

　年寄りは苦い顔をした。

「ひょっとして、とっつぁんは『たちばな』に行ったことがあるんですね」

「ちょっと待て。厠《かわや》に行くところだったんだ。もう、我慢できねえ」

年寄りは急いで厠に向かった。

お孝かと、菊二は呟いた。年寄りの話では源次はたぶらかされていたようだが、お孝に会ってみなければ実のところはわからない。

すっきりした顔で、年寄りが戻ってきた。

「なんだ、まだいたのか」

「へえ」

菊二は苦笑してから、

「とっつぁんは、どうして会ってもいないお孝のことを悪く言えるんですかえ」

と、もう一度きいた。

「『たちばな』の女中だからよ」

「『たちばな』の女中だとどうしてだめなんですね」

「だめだからだめだと言っているんだ」

依怙地《いこじ》になって言う。

答えになってないと返そうとしたが、菊二は気がついた。

「とっつぁんは、『たちばな』の女中にひどい目に遭《あ》ったことがあるんだな」

年寄りは口元を歪めた。

「お孝はまだ『たちばな』にいるのか」

菊二はきいた。

「どうかな。源次から巻き上げた金なんかもう使い果たしたろうから、今も働いているんじゃねえか。また金のなる木を見つけようとしてな」

年寄りは薄ら笑いを浮かべた。

「お孝以外に親しい者はいなかったのかえ。男でも女でも」

「さあな」

年寄りは首を振り、家に入ってしまった。

菊二は長屋木戸を出て、小石川《こいしかわ》のほうに向かった。

武家地を突き抜けて、白山権現の参道にやってきた。『たちばな』は白山権現の横手にあった。

黒板塀《くろいたべい》に囲われた二階家で、昼近くになっていたので店は開いていた。

菊二は門を入って玄関に行くと、すぐに年増《としま》の女中が出てきた。

「いらっしゃいまし」

「お孝さん、いるかえ」

「おりますよ。どうぞ」

「じゃあ、あとでお孝を呼んでくれ」

そう言い、菊二は板敷きの間に上がった。

二階のとば口の部屋に通された。何もない味気ない部屋だ。

「少々お待ちください」

女中は出ていったが、すぐに酒肴《しゅこう》を持って戻ってきた。

女中は横について、

「どうぞ」

と、酒を注いだ。

「お兄さん、ここははじめてね」

女中がきく。

「そうだ。源次から聞いていたが、なかなか来る機会がなくてな」

「源次？」

「うむ。獄門になった男だ」

女中が息を呑んだ。

「源次を知っているのか」

「ええ、ときたま来てましたから。お兄さん、源次さんの……」

「だちだ。じつはしばらく江戸を離れていてね。久しぶりに帰ってきて、源次のことを聞いたんだ」

「そう、それでお孝さんを」

女中は眉根を寄せてきいた。

「源次はお孝さんに夢中だったそうだな」

「ええ、かなり入れ揚げていたわ」

「お孝のほうはどうなんだ？」

「どうって？」

女中は皮肉《ひにく》そうな笑みを浮かべた。その笑みがすべてを語っていた。

「単なる客でしかなかったってことか」

「そう言っちゃ身も蓋《ふた》もないけど」

「源次はいつもひとりで来ていたのか」

「はじめはふたりで来たんじゃないかしら。それから、ひとりで来るようになって」

「源次といっしょに来た男はなんていうんだ？」

「伊佐吉《いさきち》さんよ」

「伊佐吉は来ているのか」

「ええ。よく来るわ」

「伊佐吉は誰を呼ぶんだ？」

「お孝さんよ」

「お孝？　源次が死んだので伊佐吉が？」

「そう、源次さんが生きているときはさすがに遠慮していたんでしょうね。今は堂々とやってきているみたい」

「お孝ってそんなにいい女なのか」

「そうは思えないけど、甘え上手だから、男にとっちゃ可愛い女に思えるんでしょうよ」

女中は敵愾心《てきがいしん》を燃やして顔を歪めた。

「お孝は伊佐吉をどう思っているんだ？」

「何とも思ってないでしょうよ。ただ、金を運んでくれる鴨《かも》だと思っているのよ」

「源次も鴨だったのだな」

菊二は不快になった。

「ごめんください」

障子の向こうで声がした。

「お孝さんよ。じゃあ、代わりますね」

女中は立ち上がった。

入れ代わって、柳腰《やなぎごし》の女が入ってきた。

色白のうりざね顔で、熱っぽい目で菊二を見つめ、

「はじめてかしら」

と、小首を傾《かし》げながら横に座って酌をした。

「はじめてだ」

お孝に猪口を渡し、酒を注ぐ。

「いただきます」

一口で呑み干し、

「はい」

と、猪口を返して寄越《よこ》した。

「お兄さん、名前を教えてくださいな」

お孝は鼻にかかった声で言う。

「菊二だ」

「菊二さんね」

「じつは源次のだちだ」

「えっ。源次さんの……」

「そうだ。久しぶりに江戸に帰ってきて、源次のことを聞いたんだ。まさか、獄門になったなんて」

菊二はやりきれないように顔をしかめた。

「驚いたわ。源次さんがあんなだいそれたことをするなんて」

お孝は他人事《ひとごと》のように言う。

「源次はおまえさんに入れ揚げていたそうだな」

「ずいぶんご贔屓《ひいき》いただきました」

平然と、お孝は答える。

「おまえさんに会うために金貸し藤兵衛から金を借りていたんだ」

「知りませんでしたよ。そんな陰気臭い話なんかやめて呑みましょう。私にも注いでくださいな」

「近頃は源次に代わって伊佐吉って男がおまえさんのところに通っているようだな」

「たまに来るだけですよ」

「伊佐吉ってのはどんな男だ？」

「源次さんと同じ棒手振《ぼてふ》りだそうよ。野菜売り」

棒手振りの稼ぎでこのような場所に来るのは厳しいはずだ。金貸しから金を借りてまで通うようになったとは、よほどお孝に入れ込んでしまったのであろう。

「伊佐吉はどこに住んでいるか知らないか」

「小石川片町《かたまち》だそうよ」

ふと、お孝の顔つきが厳しくなった。

「菊二さん、何か調べているの？」

「源次が金貸し藤兵衛夫婦を殺したってのが信じられないんだ」

「捕まって獄門になったのはほんとうよ。信じたい気持ちはわかるけど、八丁堀の旦那が源次さんを捕まえたんだもの。間違いないわ」

「藤兵衛夫婦殺しのあと、源次はここに来たかえ」

「次の日に来たわ」

「どんな様子だった？」

「いつになく、お喋りだったようだけど」

「気が昂《たかぶ》っていたのかな」

「あとから思うと、そうだったと思うわ」

「そのことを、八丁堀の旦那か岡っ引きに話したのか」

「ええ。八丁堀の旦那はにんまりしていたわ。源次さんの仕業に間違いないって思ったのでしょうね」

「そうか」

菊二は頷いて、

「そうそう、政吉って男を知っているか」

「どこの政吉さん？」

少し間があってから、お孝はきいた。

「妻恋町に住んでいる男だ。三十一歳、先の尖った鷲鼻で、頬がこけていて頬骨が突き出ている」

「じゃあ、違うわ。私が知っている政吉さんは四十ぐらいで小肥《こぶと》りのひとだもの」

また、お孝は顔色を変え、

「おまえさん、ほんとうは岡っ引きの手先なんじゃないかえ」

と、問い質《ただ》すようにきいた。

「そんなんじゃねえよ。さっきも言ったように源次のだちだ。源次が押込みをしたのがほんとうかどうか知りたいだけだ」

「そう」

お孝は疑わしそうな目を向けて、

「残念だけど、ほんとうよ。伊佐吉さんもそう言っていたもの」

「伊佐吉はどうして知っているんだ？」

「藤兵衛夫婦が殺されて、二、三日たってから伊佐吉さんが源次さんにきいてみたんですって。あの殺し、おめえじゃないだろうなと」

「そしたら」

菊二は先を急《せ》かした。

「それには答えず、もうおしまいだと塞《ふさ》ぎ込んでいたそうです」

「妙だな」

菊二が首をひねった。

「殺しのあった次の日、源次はここに来たんだろう。そのとき、いつになくお喋りだったと言っていたじゃねえか。塞ぎ込んでいたという伊佐吉の話と違う」

「私の前では空元気《からげんき》だったたってことでしょう」

「そうかもしれねえが……」

ふと、障子の向こうから声がした。

「ちょっとごめんなさい」

お孝は立ち上がって障子を開ける。女中がお孝に耳打ちした。

お孝は戻ってきて、

「ごめんなさい。すぐ戻ってきますので」

「いや、俺は引き上げる」

菊二は腰を上げた。

「まだ、いいじゃありませんか」

「他の客から呼ばれているんだろう」

「適当にあしらって戻ってきますから」

「また、来る」

昼間でもお孝目当ての客がやってくるのだ。お孝からしたら、源次は大勢の贔屓客の中のひとりでしかないのだ。

そんな女に入れ揚げて身を滅ぼした源次が哀《あわ》れに思えた。

「今度は夜にゆっくりりね」

お孝は体をくっつけてきて囁《ささや》く。

あんな女に出会わなきゃ、身を滅ぼすことはなかったという年寄りの言葉を思い出しながら、菊二は『たちばな』を出た。

その足で、小石川片町に行って木戸番屋の番人にきいて伊佐吉の住む長屋はわかったが、伊佐吉は働きに出ていて長屋にいなかった。

菊二は本郷菊坂町の長屋に住むおせんを訪ねた。政吉は藤兵衛夫婦を殺したあと、おせんに盗んだ金を渡したと言っているのだ。しかし、おせんは三月前に長屋から引っ越していったということだった。

おせんと政吉の繋がりはわからなかった。引っ越したことを知っていて、政吉はおせんの名を出したのかもしれないと思った。


夕方になって、菊二はもう一度、小石川片町の伊佐吉の住む長屋に行った。伊佐吉はまだ帰っていなかったが、木戸の前で待った。

辺りが薄暗くなってきて、尻端折《しりつぱしよ》りにして菅笠《すげがさ》をかぶった男が木戸に近づいてきた。木戸に入っていく男をやり過ごし、行き先をみていると伊佐吉の住まいに入っていった。天秤棒《てんびんぼう》を持っていないのは親方のところに返してきたのだろう。

菊二は間《ま》を置いて路地に入って、伊佐吉の住まいの前に立った。

腰高障子を開けて、

「ごめんください」

と、菊二は声をかけた。

伊佐吉は足を濯《すす》ぎ、部屋に上がったところだった。

「伊佐吉さんでございますか」

「どちらさんで」

伊佐吉が怪訝そうにきいた。

「あっしは菊二と申します。源次さんのことでちょっと」

「源次の……」

伊佐吉は四角い顔を歪め、

「おまえさんは源次がどうなったか知っていなさるのか」

と、きいた。

「へい。知っています。そのことでお訊ねしたいのですが、よろしいでしょうか」

「いいぜ。そこに座ってくれ」

「へえ、では」

菊二は上《あ》がり框《がまち》に腰を下ろした。

「源次の何が知りたいんだね」

伊佐吉は促した。

「じつは、あっしは源次さんがひと殺しをしたってことが信じられないんです。それで、源次さんと親しい伊佐吉さんを訪ねた次第です」

「俺のことは誰から？」

「『たちばな』のお孝さんからです」

「おまえさんは岡っ引きの手下か何かかえ」

伊佐吉は用心深くきいた。

「いや、そんなもんじゃありません。じつはあっしも藤兵衛から金を借りていた身でしてね。それなのに藤兵衛夫婦が殺されたおかげで借金がその……」

菊二は語尾をぼかし、

「源次さんはほんとうに藤兵衛夫婦を殺したのか、伊佐吉さんの考えを教えていただきたいんです」

伊佐吉は煙草盆《たばこぼん》を引き寄せ、煙管を摑んだ。ゆっくり刻みを詰める。わざと間《ま》をとり、考えをまとめているようだった。

火をつけ、一口吸ってから、

「源次は『たちばな』のお孝に狂ってしまったんだ。いつか店を持つんだと棒手振りをして、稼ぎの中から貯えをしていた。ところが、源次はお孝を知ってから、店を持つための貯えに手をつけてまで『たちばな』に通うようになっちまった。俺は何度も諫《いさ》めたが、聞く耳はもっちゃくれなかった」

「貯えもいつかは尽きてしまいますね」

菊二は口をはさむ。

「そうだ。源次は俺から金を借りようとした。俺は断った。だから金貸し藤兵衛のところに行ったんだ」

伊佐吉はやりきれないように言う。

「取り立てはすごかったのですか」

「そうだ。金がないなら押込みをしてでも作れと毎日のように責められていたようだ。そして、にっちもさっちもいかなくなって藤兵衛のところに押し込んだんだ。押込みでもして作れと言われていたので、どうせ押し込むなら藤兵衛の家にと思ったんだろう」

「源次さんはそんな激しい性分なんですか」

「いや、穏《おだ》やかで、生真面目《きまじめ》な男だった。そんな男が一途《いちず》になると周りが何も見えなくなってしまうのかもしれねえ」

「源次さんははじめから藤兵衛夫婦を殺すつもりだったんでしょうか」

「それはそうだろう。証文を奪ったら、なくなった証文の主《ぬし》に疑いが向くじゃねえか」

「だったら、証文を全部持っていったらいいんじゃないですか」

「……………」

「伊佐吉さん」

菊二は四角い顔を見つめ、

「藤兵衛夫婦が殺されてから二、三日たって、伊佐吉さんは源次さんに、あの殺し、おめえじゃないだろうなときいたそうですね」

「うむ、そうだ」

「どうして、そんなことをきいたのですか。なにか源次さんに、そんな様子があったんですか」

「思い悩んでいるようだったのだ。それでもしやと思ってきいてみたんだ。そしたら、もうおしまいだと呟いたんだ」

「伊佐吉さんは、藤兵衛夫婦殺しは源次さんの仕業だと思ったんですね」

「そうだ」

伊佐吉は頷いた。

「政吉って男を知りませんか」

「政吉？」

「三十一歳、先の尖った鷲鼻で、頬がこけて頬骨が突き出ています」

「いや、心当たりはない」

「そうですか」

「なぜ、今になって源次のことを気にするんだ？」

伊佐吉は鋭い目を向けた。

「へえ、じつは……」

菊二はおもむろに、

「藤兵衛の家に近い寺の井戸で、返り血を浴びた男が手を洗っていたという話を耳にしたんです。その男は源次さんではないようなので」

「出鱈目《でたらめ》じゃねえのか」

「そうですね。どうもすみませんでした。いきなり、お邪魔をして」

菊二は立ち上がってから、

「伊佐吉さんはときたまお孝さんのところに行っているそうですね。源次さんの二の舞を演じないように」

と言い、戸を開けて土間を出た。

二

上野《うえの》寛永寺《かんえいじ》の鐘が暮六《くれむ》つ（午後六時）を告げていた。不忍池《しのばずのいけ》沿いにある福成寺《ふくじょうじ》の山門の前で、政吉が立ち止まった。

周りに目を配って、舞阪源三郎は政吉に近づいた。

「だいじょうぶだ。岡っ引きはまいた」

源三郎は言った。

「では、ここでお待ちいただけますか」

政吉は軽く頭を下げた。

「わかった。そなたの行き先など詮索するつもりはないが、この先で襲われても俺は気づかぬぞ」

源三郎は注意する。

「へえ、十分に用心して参ります。四半刻（三十分）ほどで戻りますので」

そう言い、政吉は境内に入り、本堂のほうに向かった。途中振り返ったのは源三郎がほんとうに尾けてこないか確かめたのだろう。

政吉は裏口を出てどこかに行くのだ。おそらく、茅町《かやちよう》に住む誰かを訪ねるのであろう。

政吉の用心棒を引き受けた源三郎は今朝早く妻恋町の伊兵衛店に行った。木戸のそばに岡っ引きの姿があった。

政吉を見張っているようだった。そのことを告げると、南町の同心から手札をもらっている卓三《たくぞう》という岡っ引きだと言って含み笑いをした。

政吉が長屋を出たのは午前《ひるまえ》だった。政吉から遠くから見張るように言われて、きょうは一日中、岡っ引きの後ろから政吉のあとを尾けた。

最初は本郷にある天正寺に行った。そこで、寺男となにやら話し込んでいた。源三郎は門のそばで待っていたので、話し合いの中身は聞こえなかった。次に、政吉は神田明神《かんだみようじん》の境内にある水茶屋でしばらく過ごした。岡っ引きと手下が政吉の様子を窺《うかが》っていた。少し離れて、源三郎は岡っ引きと政吉の様子を見、さらに辺りに怪しい者がいないか常に目を配っていた。

政吉に近づく者はいなかった。それから、政吉は湯島天満宮に向かった。そこでもだらだらと暇を潰し、今度は日本橋から数寄屋橋御門まで行った。数寄屋橋を渡れば、南町奉行所だ。

政吉はただ歩き回っているのではない。昨夜《ゆうべ》の刺客を誘《おび》き出そうとしているのだと思った。

四半刻経って、政吉が戻ってきた。

「お待たせしました」

「うむ」

「帰ります」

政吉は言い、先に立った。

遅れて、源三郎は歩きだす。

池之端仲町《なかちょう》を突っ切り、武家屋敷を迂回《うかい》し、明神下に向かう道を行く。怪しい人影はない。

政吉を狙っている者が襲うとしたら、また妻恋町の近くだろう。そう思いながら、政吉に続いて、源三郎も妻恋坂に入った。

昨夜襲撃された妻恋稲荷の前を過ぎた。

妻恋町に入る。木戸番屋の前を過ぎ、政吉は長屋木戸をくぐった。遅れて、源三郎も路地に入る。

政吉が腰高障子の前で待っていた。

「舞阪さま。ありがとうございました。また、明日もお願いいたします」

そう言い、政吉は戸に手をかけた。

「待て」

源三郎は引き止めた。

政吉をどかし、源三郎が戸を開けた。暗い土間に、人影が揺れた。上がり框から立ち上がったのは侍だった。

「誰だ？」

源三郎が声をかける。すると、後ろから政吉が声を出した。

「木下さま」

どうやら、同心の木下兵庫のようだ。

「政吉。待たせてもらった。おまえさんは？」

「舞阪源三郎だ」

「政吉、少し話がしたい。帰ってもらえ」

「へい」

政吉は頷き、顔を源三郎に向けた。

「舞阪さま。きょうはこれで」

「いや、まだきょうの仕事は終わっていない。話が終わるまで待つ」

源三郎は言い張る。

「俺は構わん」

兵庫が答える。

政吉は困惑したようだが、諦《あきら》めたように頷き、兵庫の脇を通って部屋に上がった。

源三郎は戸口に立って、ふたりの様子を窺った。

兵庫は立ったまま切り出した。

「まず、言っておく。おまえは解き放たれたが、申し分なく無罪だというわけではない」

「でも、証はありませんでした」

「何を企んでいたのだ？」

「何のことでしょうか」

「なぜ、番頭を襲う前日に道具屋から匕首を買い求めたのだ？」

「身を守るためです」

「誰からだ？」

「いろいろと。物騒な連中がいますから」

「最近になって、物騒な連中と関わりができたというのか」

「いえ、そういうわけでは」

「では、以前も身を守るために匕首を持っていたんだな」

「いえ、持っていません」

「なぜ、この長屋の天水桶の裏に得物があったのだ？　この長屋で、番頭の増太郎と関わりがあるのはおまえだけだ」

「あっしにはなんのことかさっぱりわかりません。たぶん、あっしに罪をなすりつけようとした奴がいるんです」

「それは誰だ？」

「わかりません」

「吟味与力どのの取調べで、おまえは番頭を殴っただけで、立ち去ったあと、真の下手人がやってきて殺したと言い訳したそうだな」

「そうです」

「そんな言い訳、大番屋で話していなかった。殺《や》っていないの一点張りだった。ほんとうに殴っただけなら、どうしてそのときもそう言わなかったのだ」

「言ったって信じてもらえないと思ったんですよ」

「吟味与力どのは信じてくれると思ったのか」

「いえ、信じちゃくれません。だから、藤兵衛夫婦殺しは自分だと口にしたんですよ」

「それこそ、嘘だ」

「嘘じゃありません。でも、相手にされませんでした」

「当たり前だ。とうにけりがついているのだ。いくら助かりたいためとはいえ、突《とっ》拍子《ぴょうし》もないことを持ち出すとはな」

兵庫は呆れたように言う。

「ほんとうのことです」

「嘘はすぐばれる。それより、番頭殺しだ。おまえしか下手人はいないのだ。おまえをまた必ず捕まえてやる」

「お言葉ですが、吟味与力の望月さまがあっしを無罪だと思ったんです。望月さまの取調べに不備があったと仰るんですかえ」

「そうじゃねえ、俺の詰めが甘かったんだ」

「望月さまによくきいてみてくださいな」

「今から考えると」

兵庫は怒りを抑えた様子で、

「おまえははじめから捕まろうとしていたのではないか。あとで十分に言い逃れができるような支度をして」

「わざと捕まろうなんてばかな考えを持つはずありませんぜ」

「まあいい。必ず、おまえを牢屋敷に連れもどしてやる」

「その前に、望月さまに相談なさったほうがよろしいかと思いますが」

「政吉。首を洗って待っていろ」

兵庫は吐き捨ててから踵を返した。

源三郎と目が合うと、

「そなたは前からの政吉の仲間か」

「いいえ。昨夜知り合ったばかりでござる」

源三郎は答える。

「舞阪源三郎だな。よく覚えておこう」

そう言い、兵庫は憤然と土間を出て行った。

「たいしたもんだ。同心と堂々と渡り合って」

源三郎は感心して言う。

「ただ言いたいことを言っただけです」

「もうそろそろ昨夜、刺客に襲われた理由《わけ》を話してもらってもいいな」

「へえ。いずれまた」

「そうか。まあ、いい。じゃあ、また明日来る」

源三郎も路地に出た。

源三郎は岩本町の居酒屋に駆け込んだ。店が閉まるまで四半刻（三十分）ぐらいあった。

職人や駕籠かき、棒手振り、日傭取《ひようと》りなどで混んでいる。

小上がりに腰を下ろし、小女に酒を頼むと、目の前に人影が差した。

「舞阪さま」

「おまえか」

菊二という男だった。

「いっしょにいいですかえ」

菊二は徳利と茶碗を持っていた。

「俺はひとりで呑みたいのだ」

「話し相手がいるのもいいもんですぜ。さあ」

自分の茶碗を寄越そうとした。

「いい」

源三郎は断る。

小女が徳利と茶碗を持ってきた。

源三郎は手酌で呑みはじめる。

「舞坂さまはいつもここでお呑みに？」

「こういう喧騒の中でひとりで呑むのが好きなんだ」

「舞阪さま。きょうは政吉といっしょだったんですかえ」

「おまえは、政吉のことをききたくて、ここで俺を待っていたのか」

「へえ、まあ」

「話すことはない」

源三郎は茶碗に酒を注いでいっきに呑み干した。

「政吉はきょうは襲われなかったんですかえ」

「きょうは襲われなかった」

「いったい、昨夜の賊は何者なんでしょうか。政吉は何も言ってなかったんですかえ」

「俺にはまだ何も話そうとしない。別に、こっちも強《し》いてきこうとは思わぬがな」

「なぜですかえ」

「面倒に巻き込まれたくない」

「でも、政吉の用心棒をしているんでしょう」

「政吉の身を守るだけだ。どんな事情で襲われたのか、言いたくないならそれでいい」

「ところで、いくらか知りませんが用心棒代を政吉はちゃんと出せるんですかえ」

「心配ない」

「心配ないって、まだもらっていないってことですか」

「菊二。ひとのことばかりきかないで、少しは自分のことを話せ」

源三郎は菊二の顔を見つめる。

「へえ、何を言えばいいんでしょう」

「なんでもいい」

源三郎は興味なさそうに言う。

「あっしは信州の佐久《さく》の出です。百姓の倅《せがれ》です。十六で江戸に出てきました。武家屋敷に奉公し、下男から中間、そして若党に取り立てられたんですが……」

菊二は声を呑んだ。

「どうした？」

「舞阪さま。聞いていたんですかえ」

「聞こえている。続けろ」

「へえ。若党になって張り切っていたとき、女に出会って」

「若党身分を捨てて女をとったというわけか」

「へえ」

源三郎の胸が疼《うず》いた。

「舞阪さま。どうかなさったんですかえ。なんだか辛《つら》そうな顔に……」

「なんでもない」

「国はどちらですかえ」

「西のほうだ」

「お戻りにはならないんですか」

「気楽な暮しになれた身には堅苦しい生き方はもうできぬ」

源三郎は茶碗を持ったが空だった。小女に酒を頼む。

「もう店を閉めるんです」

小女が遠慮がちに言う。

「ずいぶん早いではないか」

「源三郎さまが来るのが遅かったのです」

周囲を見回すと、もう客はまばらだった。

「仕方ない、引き上げるとするか」

「姐さん。いっしょでいい」

菊二が源三郎の勘定も払おうとした。

「無用だ」

源三郎は制した。

「源三郎さまのぶんはもういただいていますから」

小女が白い歯を見せた。

菊二が怪訝な顔をした。

源三郎と菊二は外に出た。

「じゃあ、あっしはここで」

「どこまでだ？」

「深川です」

「少しあるな」

「なあに、たいしたことはありません。では」

「待て」

源三郎は呼び止めた。

「用心棒代はまだもらっていない。あとでまとめて払うということだ」

「あとで？」

「おそらく、あとでまとまった金が入る当てがあるのだろう」

「まとまった金ですかえ」

「うむ。それから、政吉は誰かと秘密裏《ひみつり》に会っている。俺にも気づかれぬようにな。誰かは思いもよらぬ」

「どうしてそのことをあっしに？」

「せっかく会いに来たんだ。そのぐらいなら話してもいいだろうからな」

「ありがとうございます」

頭を下げ、菊二は去って行った。

源三郎は呑み足りなかった。気がつくと、お藤の家に足を向けていた。

三

翌朝、髪結いが引き上げたあと、城之進は濡縁に出た。庭先に菊二が待っていた。

「待たせたな」

「いえ。さっそくですが」

菊二は口を開いた。

「昨夜、舞阪源三郎さまに会い、政吉について二点教えてもらいました。舞阪さまは政吉の用心棒になったそうですが、用心棒代はあとでもらうことになっていると。つまり、政吉はあとでまとまった金が手に入る当てがあるのではないかと」

「まとまった金か」

城之進はその金の出どころが気になった。

「それから、政吉は誰かと秘密裏に会っているそうです」

「やはり、政吉に仲間がいるということだ」

城之進は呟いてから、

「政吉は誰かを強請《ゆす》っているのかもしれぬ」

と、厳しい顔つきになった。

「何をネタに強請りを？」

菊二が顔色を変えてきいた。

「藤兵衛夫婦殺しだ」

「捕り違いしたことですかえ。だとしたら、吟味与力の……」

「塚田惣兵衛どのと同心の小浜鉄太郎だ。捕り違いが事実だとしたら無実の者を獄門にしたことになる」

「しかし、源次には藤兵衛夫婦殺しをする理由《わけ》があります。『たちばな』のお孝に入れ揚げた金は藤兵衛から借りたものです。その返済の催促で追いつめられていたようです」

「寺男の平助が井戸で返り血を洗っている政吉を見ていた。源次は証文を奪うためだけに押し入ったのかもしれない」

城之進は胸が塞がれる思いで続けた。

「気がかりは政吉が解き放ちの日に襲われたことだ」

「やはり、奉行所に……」

菊二が言いさした。

「考えたくないが」

城之進もそうとしか考えられないと思った。

確かに、奉行所に関わりない者でも、政吉に対する無罪の言い渡しを思いついたかもしれない。たとえば、大家だ。言い渡しの前日に大家にも呼出しがかかっている。そこから、無罪の言い渡しは推測できる。だが、政吉を殺さねばならない者がいるとは思えない。

やはり、藤兵衛夫婦殺しに関わることが殺害しようとする理由であろう。

「舞阪さまが駆け付けなかったら、政吉は斬られていたはずです。政吉が死んで助かる者と言ったら……」

「うむ」

と、城之進は唸《うな》るしかなかった。

政吉の訴えが正しければ、藤兵衛夫婦を手にかけただけでなく、身代わりで源次も死に追いやってしまったのだ。良心の呵責《かしやく》に耐えきれず、藤兵衛夫婦殺しで政吉が自訴するかもしれない。

そうなって困るのは捕り違いをした小浜鉄太郎、吟味違いの塚田惣兵衛だ。両者は無実の者を獄門台に送ったのだ。御役御免になるかもしれない。場合によっては、切腹もあり得る。

政吉さえいなくなれば、南町奉行所の面目が丸潰れになることを防ぎ、保身もできる。そう考えたとしても不思議ではない。

「気になるのは、政吉にあとでまとまった金が入るということだ。まさか」

城之進ははっとした。

「なんですね」

「政吉の狙いは金かもしれぬ」

「金？」

「やはり、塚田さまと小浜鉄太郎のいずれか、もしくは両方に脅しをかけているのだ。脅しをかけているのは政吉の仲間だ」

そう言ったあとで、城之進は考えを思い止まった。

「しかし、藤兵衛夫婦殺しの下手人がほんとうに政吉かどうかまだわからぬ。天正寺の寺男の平助の言うことが真かどうか。政吉と平助は何らかの狙いがあって示し合わせていることも十分に考えられる。寺男の平助のことをもっと調べるのだ」

城之進は命じた。

「わかりました」

菊二が引き上げてから、城之進は妻の手を借りて継上下《つぎかみしも》に着替えた。

奉行所に出仕してすぐ年番方筆頭与力の赤井十右衛門のもとに行った。

「赤井さま。お話があるのですが」

「向こうへ」

十右衛門は立ち上がって、隣の小部屋に入っていった。

差向いになって、城之進は口を開いた。

「政吉が番頭殺しの詮議をされているときに、政吉の仲間が塚田惣兵衛どのか小浜鉄太郎に藤兵衛夫婦殺しの件で金を要求しているのではないかと思われます」

「金を？」

「捕り違い、吟味違いをネタにした強請りです」

「塚田惣兵衛か小浜鉄太郎が強請られていると言うのか」

「いえ、確《しか》とした証があるわけではありません。それに、政吉が訴えるように、藤兵衛夫婦殺しが政吉の仕業かどうかもわかりません。ただ、解き放ちの日に、政吉の命が狙われたことが気がかりです」

「………」

腕組みして十右衛門は何度か唸りながらしばらく考えていたが、ようやく腕組みを解いた。

「ふたりのうちのいずれかが政吉を殺そうとしたことが明らかになったら、捕り違い、吟味違いどころではない。科人《とがにん》だ。そこまでするとは思えぬ。それに、第一、藤兵衛夫婦殺しが政吉の仕業だという証はないのだ」

「ごもっともでございます。私もそのようなことはあり得ないと思っております。なれど、政吉が何者かに命を狙われたことは事実です。万が一、政吉が殺されでもしたらすべてが闇の中に葬《ほうむ》られてしまいます」

城之進は身を乗りだし、

「政吉は何らかの企みを持ってことに当たっています。その狙いを探るためにも政吉を藤兵衛夫婦殺しの疑いで取調べをしたいのですが」

「ばかな。それでは藤兵衛夫婦殺しが吟味違いであったことを認めるようなものではないか」

「いえ。ふたりで押込みをしたという疑いではいかがでしょうか。藤兵衛夫婦を殺したのは源次で、政吉もそこにいたと」

「……」

「もちろん、狙いは藤兵衛夫婦殺しに政吉が一切関わっていないことを明らかにするためであり、また政吉の真の狙いを暴くためです。そして、もうひとつ、政吉の身を守るためでもあります」

「政吉の戯言《たわごと》に踊《おど》らされているだけではないのか」

「そうかもしれません。しかし、このまま捨ておいてどうなりましょうか。もし、政吉が北町《きたまち》に自訴したらいかがなりましょう」

「なに」

「北町で取調べがはじまったら」

「いや、その件は南町の掛かりだ。政吉をこっちに引き渡してもらう」

「その場合、政吉の言い分を北町も知ることになりましょう。避けては通れない問題となります」

「……」

「どうかご了承を」

「なれど、塚田惣兵衛がなんと言うか」

「ぜひ、塚田さまをお説き伏せください。あくまでも政吉の企みを暴くためであると」

「吟味は塚田惣兵衛に任せるのか」

「いえ、私が」

城之進は声に力を込めて、

「塚田さまのお調べでは、同じ裁きになりかねません。政吉の捕縛も、小浜鉄太郎ではなく番頭殺しで政吉を捕らえた木下兵庫にやらせます」

「しかし」

「赤井さま。政吉はある意味、南町に対して闘いを挑んでいるのです。その覚悟があって、番頭殺しでわざと捕まったのです。万全な支度のもとに」

「わかった。ともかく、お奉行に話してみる」

「お願いいたします」

城之進は低頭して訴えた。

その日の詮議を終え、城之進が吟味方与力の詰所に戻ると、塚田惣兵衛が血相を変えて近寄ってきた。

「望月どの」

惣兵衛が眦《まなじり》をつり上げ、

「藤兵衛夫婦殺しをもう一度調べ直すと聞いたが真か」

と、唾を飛ばして言う。

「いえ、政吉が関わっていないことを明らかにするための取調べです。調べ直すわけではありません」

「無用だ」

「しかし、政吉は自分が真の下手人だと訴えているのです」

「嘘をついているのだ」

「嘘だと明らかにするための取調べです」

「嘘は明らかだ。藤兵衛夫婦殺しで捕まえる必要はない」

「いえ、政吉は藤兵衛夫婦殺しの真の下手人だと闇雲に口にしているわけではありません。用意周到です。それに仲間もいます。政吉の真の狙いを探るためにも取り調べなければならないのです」

「まるでわしへの当てつけのようだ」

惣兵衛の怒りは治まりそうにもない。

「塚田さま。政吉は解き放ち後、何者かに襲われました」

城之進は惣兵衛の顔を見つめ、

「政吉は何者かに命を狙われているのです」

「……」

惣兵衛の顔つきが微かに曇った。

「いま一度、捕まえれば奉行所で守ってやることができます」

「ならば、なぜ番頭殺しで野放しにしたのだ。死罪を言い渡せばよかったのだ」

「殺しに関わっていないと訴えていました。拷問にかけるしかなかったのです。それが政吉の狙いでした。拷問を受けるとき、立ち会う御徒目付に藤兵衛夫婦殺しを訴えるつもりだったのです。藤兵衛夫婦殺しを御徒目付の命令によって調べなおさねばならない事態を避けたかったのです」

「……」

「塚田さま。政吉は藤兵衛夫婦殺しにかこつけて何かを企んでいるのです」

城之進は、陰で政吉の仲間が塚田惣兵衛か小浜鉄太郎を脅しているのではないかとみているが、そのことはおくびにもださずに言い、惣兵衛の顔色を窺った。

「政吉にとって、解き放ちになったのは思ってもいなかったはずです。だとしたら、政吉は次の手を打ってくるでしょう。赤井さまにも申し上げましたが、北町に名乗り出ることです。もし、そうなったら……」

「わかった」

惣兵衛は苛立《いらだ》ったように言い、

「そなたが、それほどまでに言うなら、これ以上わしが口をはさむことはできぬ。だが、言っておく。藤兵衛夫婦殺しは源次がひとりでやったことだ。そのことを忘れるな」

「はい、わかっております」

「で、もし、政吉をしょっぴくとしたらいつだ?」

「明日にでも」

答え終えぬうちに惣兵衛は立ち上がっていた。

城之進は惣兵衛とのやりとりを思い出してみた。政吉に脅されているかどうかの判断はつくはずもなかった。

「望月さま」

見習い与力が声をかけた。

「赤井さまがお呼びにございます」

「わかった。ごくろう」

城之進はすぐ立ち上がり、年番方与力部屋に向かった。

十右衛門は城之進が姿を見せると立ち上がり、隣の小部屋に移った。

「お奉行の了解をとりつけてきた。やむを得ないということだ」

腰を下ろすなり、十右衛門は切り出した。

「ただし、政吉の術中にはまらぬように十分に気をつけるようにとの仰せであった」

「はい、それでは木下兵庫に明日政吉を捕まえさせます」

城之進は部屋に戻って、見習い与力に木下兵庫を呼ぶように頼んだ。

町廻りから戻ってきたばかりらしく、兵庫は待つほどのこともなくやってきた。

「望月さま、お呼びでございましょうか」

「これへ」

兵庫が近づくのを待って、

「よく聞くのだ。明日、本郷にある天正寺に行き、藤兵衛夫婦が殺された夜に政吉が井戸で手を洗っていたという証言を寺男の平助から聞き出し、その後、藤兵衛夫婦殺しの場に源次とともに居合わせたとして政吉を捕まえるのだ」

と、城之進は命じた。

「藤兵衛夫婦殺しでですか」

「そうだ。源次とともに藤兵衛の家に押し込み、源次の殺しの手助けをした疑いだ」

城之進が真意を説明すると、

「わかりました」

と、兵庫は勇んで応じた。

今度こそ、政吉の魂胆を暴いてやる。城之進も気負い立った。

四

天窓から朝陽《あさひ》が射し込んでいた。源三郎が朝餉《あさげ》をとりおえたとき、腰高障子が開いた。

「何かあったのか」

男が声をかけて土間に入ってきた。

「政吉です」

「これからそっちに出かけようとしていたんだ。何かあったのか」

源三郎は驚いてきいた。

「へえ。じつはこれから急にひとと会うことになったんです。舞阪さまにいっしょに来ていただきたいと思いまして」

「危《あや》うい相手なのか」

「まあ」

「待て、支度をするから」

着流しに刀を手にして、源三郎は政吉といっしょに岩本町の長屋を出た。

「どこまで行くのだ？」

「本郷の天正寺です」

「そなたが話していた寺男がいるところか」

「そうです。でも、会うのは天正寺の裏です」

「なぜ、そんな場所で？」

「顔を晒《さら》したくないのでしょう」

「会って何をするのだ。ひょっとして金を受け取るのか」

「まあ」

「相変わらず、口が堅いな」

源三郎は苦笑した。柳原通りから八辻ヶ原を突っ切って昌平橋《しょうへいばし》を渡り、昌平坂を上がって湯島聖堂前を過ぎて本郷通りを急いだ。

本郷三丁目にある天正寺にやってきた。山門をくぐってから境内をつっきり、本堂の裏に行く。

裏口があった。そこの閂《かんぬき》を外し、政吉は外に出た。

鬱蒼《うっそう》とした雑木林《ぞうきばやし》だ。木漏れ陽《こもびび》が顔に当たった。政吉は立ち止まって辺りを見回す。すると、木陰《こかげ》から頭巾をかぶった侍が現われた。

「ひとりでくる約束だ」

「ばっさりやられちゃかないませんからね」

政吉はふてぶてしく言い、

「約束のもの、持ってきてくださいましたか」

と、確かめた。

「ここにある」

侍は懐から巾着《きんちゃく》を取りだした。ずいぶん重そうだ。

「じゃあ、いただきましょうか」

政吉が手を差し出す。

「とりにこい」

「よし」

政吉が一歩足を踏み出した。

「待て」

源三郎は止めた。

「俺が代わりに受け取ろう」

「だめだ、政吉にしか渡さぬ」

侍が拒《こば》んだ。

「舞阪さん、だいじょうぶですよ」

政吉は言い、侍に向かって歩く。源三郎も近づいた。

政吉は侍の前に立った。

「いただきましょうか」

「よし。手を出せ」

政吉が手を差し出した瞬間、侍が抜き打ちに政吉に斬りかかった。源三郎は足を踏み出し、剣を抜いて侍に斬りつけた。

侍はあわてて避けた。

「はじめから殺すつもりだったのか」

政吉は憤然と言う。

「おまえが約束を破ったからだ。ひとりで来る約束だ」

侍は剣を構えながら吐き捨てる。

「嘘つくな。金を渡す気がねえなら、こっちも腹を決めるぜ」

「待て」

侍はあわてた。

「俺がついている限り、政吉に手は出させせぬ」

源三郎は剣を八相に構えた。

「他人に話さぬ約束だ。それも破った」

「話していない。ただの用心棒だ。よけいなことは喋っちゃいねえ」

「まことか」

「そうだ。だから、金を寄越せ」

政吉は迫る。

「よし。受け取れ」

侍は巾着を投げた。

ずしりと重い巾着を受け取った政吉は中身を調べ、

「半分しかねえ」

と、叫んだ。

「全部、揃えられなかった」

「嘘だ、金なら唸るほどあるはずだ」

「政吉、おまえはまた捕まる」

「捕まる？」

「そうだ。源次とともに押込みに入ったからだ」

「殺しじゃないのか？」

「そうだ。おまえが藤兵衛夫婦を殺したという訴えは聞き入れられない。居合わせたということで取り調べるのだ」

「あの吟味与力だな」

「そこでよけいなことを言わぬと保証がついたら残りは渡す」

「よし。この旦那に金を渡せ」

「いいだろう。そなたの住まいは？」

「神田岩本町だ。舞阪源三郎」

「わかった。政吉、約束を違《たが》えるな」

そう言い、頭巾の侍は踵を返した。

「こっちの台詞《せりふ》だ」

政吉は背中に向かって吐き捨てた。

「どうやら、相手の弱みを握って金を強請っているようだな」

源三郎は含み笑いをした。

「何がおかしいんですかえ」

「そなたの義理堅さに感心したのさ。俺にも何も言わぬ。相手との約束を律儀に守っているんだからな」

「舞阪さま。あっしはまた捕まるらしい。こうしちゃいられねえ」

政吉は裏口から天正寺に入り、寺男を見つけてさっきの巾着を渡していた。

四半刻近く話していたが、ようやくこっちにやってきた。

「あの男も仲間だったのか」

「舞阪さま、これお約束の」

政吉は三両を出した。

「強請りの金からか」

「すみません。それでしか払えねえ」

「まあいい」

源三郎は懐に仕舞った。

「これからどうするんだ？　逃げるのか」

「とんでもない。素直にお縄にかかります。まだ、残りの金がありますからね」

政吉は言ってから、

「金を受け取って、あの平助って寺男に渡していただけますかえ」

「俺がその金を持ち逃げするとは思わないのか」

「舞阪さまはそのようなお方じゃありません」

政吉は微笑んだ。

「そうか。そう言われては持ち逃げできぬな。だが、そなたは金を受け取ったことをどうやって知るのだ？」

「小伝馬町の牢屋敷から取調べのために奉行所に向かう途中で仲間が知らせてくれ

ます」

政吉は落ち着いていた。

「また牢屋敷に送り込まれるというのに少しも動じていないようだな」

「へえ、じたばたしても仕方ありません」

「ひとつきいてもいいか。一昨日《おととい》、不忍池沿いにある福成寺の山門の前で俺を待たせ、誰かに会いに行ったな。あれもおまえの仲間か」

「へえ」

「すると、仲間は寺男の平助と不忍池の男。それ以外には？」

「………」

「答えられないか」

「すみません」

「謝らずともよい」

ふたりは本郷通りを通り、妻恋町に戻った。

長屋で待っていると、いきなり戸が開いて同心の木下兵庫が岡っ引きを伴ってやってきた。

「政吉、藤兵衛夫婦殺しの場に居合わせた疑いでお縄にする」

兵庫が口にする。

「ずいぶんと考えたものだ」

政吉は口元を歪め、

「舞阪さま。あとはよろしく頼みました」

「うむ」

政吉は素直に同心と岡っ引きについていった。

政吉は仲間数人とともに何者かを強請っていたのだ。藤兵衛夫婦殺しと言っていたが、そのことに絡んでいるのか。


それから半刻（一時間）余り後、源三郎は深川閻魔堂の裏手の一軒家を訪ねた。格子戸を開けて、声をかけると、奥からおでこの広い、愛くるしい顔の女が出てきた。

「菊二どのはいらっしゃるか」

「いえ、出かけております」

「そうですか。では、舞阪源三郎が訪ねてきたとお伝え願いたい」

昼間に家にいるとは思っていなかったが、菊二がほんとうのことを話しているかを確かめたかったのだ。

「わかりました」

行きかけたが、ふと思いついて、

「菊二はなんの仕事をしているのか」

と、きいた。

「私にもよくわからないのです」

「わからない？」

「でも、ときたま暮し向きに困らないお金は持ってきてくれます」

女は明るい声で答えた。菊二を頭から信じきっていることが窺えた。

「では」

源三郎は菊二の家を辞去した。

政吉も菊二も多くを語ろうとしない。だが、少しずつ見えてきたことがある。

政吉が強請っていた相手の察《さつ》しはつく。頭巾の侍は政吉が捕まると口にしていた。

奉行所の動きを知っていたのだ。

菊二は政吉の動きを見張っていた。襲われる恐れがあることにも気づいていたようだ。だが、政吉が奉行所の誰かを強請っていたことまでは思いもよらなかっただろう。

源三郎は新大橋《しんおおはし》を渡り、岩本町に戻ってきた。

居酒屋は開いていた。源三郎は暖簾をくぐった。昼間から酒を呑んでいる客がいた。源三郎は小上がりに落ち着き、酒を呑みはじめた。

戸口に人影が差した。三人の浪人が入ってきて、近くの小上がりに座った。ちらちらとこちらに目を向けている。

「酒だ」

小女に向かって横柄《おうへい》に言う。

「はい」

小女は板場に向かった。

しばらくして、小女が酒を運んできた。

「女、酌をしろ」

髭面のいかつい顔の浪人が小女の腕をとった。

「離してください」

「酌だ」

目つきの鋭い浪人が小女に言う。

「やめろ」

源三郎は声をかけた。

「なんだと」

三人が顔を向けた。

「やめろとは俺たちに言ったのか」

髭面が白目を剝いた。

「おい、表に出ろ」

目つきの鋭い浪人がさけんだ。

「おそろしく気の短い御仁《ごじん》だ。いや、それともはじめから俺が狙いだったのか」

源三郎は茶碗を手にしたまま蔑《さげす》むように口元を歪めた。

「勘弁ならぬ。表に出ろ」

髭面も大声を出す。

ふたりは立ち上がっていたが、もうひとりの眉毛の薄い浪人はひとり落ち着いて手酌で酒を呑んでいる。騒がないだけに無気味《ぶきみ》だ。

「早く出ろ」

「わかった。挑発に乗ってやろう」

源三郎は立ち上がった。

怯えたように見ている小女に、

「心配するな。すぐ戻る」

と言い、源三郎は外に出た。

髭面のいかつい顔の浪人と目つきの鋭い浪人が待ち構えていた。

「誰かに頼まれたのか」

源三郎は口にする。

「………」

「図星のようだな」

「黙れ」

「ここで斬り合いとなれば、通りがかりの者に迷惑がかかる。向こうへ」

源三郎は武家屋敷の背後にある空き地に向かった。ふたりはついてくる。

空き地に着き、源三郎はふたりに振り返った。

「さあ、かかって来い。俺を斬るように頼まれたのであろう」

「おのれ」

髭面が抜き打ちに斬りつけた。源三郎も剣を抜いて相手の剣を弾き返す。続けざまに、目つきの鋭い浪人が横合いから斬り込んできた。源三郎はその剣も弾き、相手の眉間を目掛けて剣を振り下ろす。相手はのけ反って逃れた。

「おまえたちの雇い主は誰だ？」

源三郎は問い詰める。

「そんなもの、おらぬ」

そう叫び、髭面が突進してきた。源三郎は身を翻《ひるがえ》しながら相手の二の腕に斬りつけた。うっと呻き、浪人は蹈鞴《たたら》を踏んで立ち止まった。すぐに振り返ったが、左腕から血が滴《したた》った。

「早く手当てをせぬと、腕が使いものにならなくなる」

源三郎は脅した。

「やろう」

目つきの鋭い浪人が剣を振りかざしたとき、

「やめろ」

と、声がかかった。

眉毛の薄い細面の浪人が近づいてきた。

「ふたりの歯の立つ相手ではない」

無気味な顔の浪人が近寄ってきた。

「舞阪源三郎。野次馬が集まってきた。また、会おう」

そう言うや否《いな》や、踵を返した。

他のふたりもあとを追った。

刀を鞘《さや》に納めた。いまの連中は天正寺裏で政吉を襲った侍に雇われたのであろう。だとしたら、なぜ自分を襲ったのだろうかと源三郎は不思議に思った。源三郎は金を受け取る役割を負っているのだ。その源三郎を始末するということは金を渡すつもりはないということか。だとしたら政吉は何か動き出すはずだ。そのことを恐れなかったのか。

源三郎は居酒屋に戻った。

すぐ小女が駆け寄ってきた。

「だいじょうぶでございましたか」

「心配するなと言ったはずだ」

そう言い、小上がりに向かう。

「すみません。私のために」

「そなたには関わりがない。さっきの浪人ははじめから俺が狙いだったのだ。ともかく、酒を持ってきてくれ」

「はい」

やがて酒を呑みはじめたとき、菊二が現われた。

「舞阪さま。あっしをお訪ねになったそうですね」

「うむ。政吉が捕まったのでな」

「ええ」

「やはり知っていたか。やはり、そなたは……」

ふと源三郎はためすように、

「今朝、政吉はまた襲われた」

「えっ」

「知らなかったのか」

「知らなかった？　なぜ、そう思うんですかえ」

「政吉を襲ったのは奉行所の者のようだったからだ。そなたもそっち側だろうからな」

「なぜ、政吉を襲ったのが奉行所の者だと思ったのですかえ」

「その侍は、藤兵衛夫婦殺しの場に居合わせたということで政吉が捕まると予告した。そして、その通りになった。奉行所の者しか知らないはずだからだ」

「なるほど。でも、あっしはそっちの仲間じゃありませんぜ」

「そのようだな。詰まるところ、吟味与力の手の者か」

「………」

菊二は目を見張った。

「驚くことはない。藤兵衛夫婦殺しの場に居合わせたと聞いて、政吉があの吟味与力だなと口にしただけだ」

源三郎は続けて、

「気になることがある。俺はさっき浪人者に喧嘩の体裁《ていさい》で襲われた。俺を襲うように手を打ったってことは政吉にも何か仕掛けるかもしれぬ」

「政吉の身を守るために捕まえたんです」

「相手は奉行所の者だ。そんな呑気に構えていられるのか」

「………」

菊二の顔色が変わった。

「いいか。俺だけ殺《や》っても意味はないのだ。政吉を始末する算段ができていると見ていい。大番屋は大丈夫なのか」

「すみません。急用を思いつきました。また、あとで」

菊二はあわてて店を飛び出して行った。源三郎はまさかと思うが、大番屋であろうが牢屋敷であろうが、敵は思い切ったことのできる立場にいるような気がして胸が騒いだ。

五

夕七つ（午後四時）を過ぎ、城之進は供の者を連れて南町を出て、帰途についた。京橋《きょうばし》を渡り、竹河岸《たけがし》に差しかかった。そのとき、頬かぶりをした男が追い抜いて行くのが目の端に入った。

おやっと思った。菊二だ。何か告げにきたようだ。城之進は楓川沿いの通りに入った。すると前を行く菊二がふいに川の辺《ほとり》にある柳の木に具合悪そうにしなだれかかった。

城之進は近付き、

「どうした、だいじょうぶか」

「へえ、すみません」

菊二は答えたあと、小声で、

「政吉が襲われるかもしれません。大番屋も牢屋敷も危ない」

と、いっきに言った。

「大事にいたせ」

城之進はそう声をかけ、供のところに戻った。

この先の本材木町《ほんざいもくちょう》三丁目と四丁目の間に大番屋がある。政吉はここに連れ込まれている。城之進は大番屋の戸を開けた。

「望月さま」

木下兵庫が驚いたような顔を向けた。

土間に敷いた莚《むしろ》の上に政吉がいた。

「望月さま」

政吉が叫ぶように言う。

「あっしは藤兵衛夫婦殺しの場に居合わせた疑いで捕まったんじゃなかったんですかえ。それなのに、あっしは『松代屋』の番頭殺しの取調べを受けているんですぜ」

「わかった」

城之進は頷いてから兵庫に目を向け、

「少し話がある。政吉を向こうへ」

「はい」

兵庫は小者に命じて政吉を仮牢に戻した。

「何か」

兵庫がきいた。

「うむ。じつは仲間が政吉を取り戻しにくるのではないかと気になったのだ」

「仲間が……」

兵庫は眉根を寄せた。

「用心に越したことはないからな」

そう言ってから、

「ちょっと政吉に会ってくる」

と、城之進は奥に向かった。

「政吉」

仮牢の中にいる政吉を呼んだ。

「近くに」

「なんですね」

「いいか。そなたの命を狙っている者がいる。もし、襲われたら大声を出せ。それから、誰に勧められても口に入れるものは拒め。毒入りかもしれぬ」

城之進は小声で言う。

「ここに襲ってくると？」

政吉は目を剝いて言う。

「そなたは奉行所の誰かの秘密を握っているのではないか。だから、奉行所の者であっても、相手をよく見極めるのだ」

「………」

「いいな」

「へい」

城之進は仮牢から引き返した。

「では、頼んだ。十分に用心してもらいたい」

「わかりました」

「頼んだ」

そう言い、城之進は大番屋を出た。

屋敷に帰った。ちょうど玄関から陳情客が出てきた。どこかの武家の用人のようだ。城之進に深々と頭を下げた。

陳情客の相手は妻女のおゆみがしているが、毎日引きも切らずにやってくる。部屋は進物《しんもつ》でいっぱいだ。

奥の部屋に行き、常着《つねぎ》に着替える。おゆみが袴を畳《たた》みながら、

「菊二さんがお待ちです。上がるように勧めたのですが、庭先で」

「わかった」

着替えてから濡縁に出ると、菊二が庭先に立っていた。

「さきほどは失礼しました」

菊二は源三郎から聞いた話をした。政吉が奉行所の誰かを強請っていたことがはっきりした。

「舞阪さまが言うには、政吉を殺す手筈が整ったので、自分を襲ったのだと言うのです。もっともだと思い、すぐに城之進さまに」

「うむ。政吉がそれほど疎《うと》ましいのか」

そこまで危機感を持っているのかと、城之進は不思議に思った。

「政吉は今夜は大番屋泊まりですかえ」

「そうだ、政吉には口に入れるものは拒めと言ってきた。毒殺も考えられるのでな」

「木下兵庫さまはだいじょうぶなのでしょうか」

「うむ」

兵庫は同輩であるから小浜鉄太郎とも親しい。塚田惣兵衛とも親しい間柄だ。もし、兵庫が敵方であれば政吉殺しは防ぎようもない。

逃亡しようとしたので止むなく斬ったという弁明もできる。あるいは、わざと大番屋を手薄にして刺客を忍び込ませてもいい。

「菊二」

「はっ」

「すまぬが今夜一晩、大番屋を見張ってくれぬか。そなただけでなく、舞阪源三郎どのにも頼めぬか。もともと政吉の用心棒だ。それに、政吉の身を案じてくれた舞阪どのならば、引き受けてくれるであろう」

「わかりました。舞阪さまとふたりで政吉を守ってみせます」

「頼む。政吉を殺してはならぬのだ」

「はい。では、さっそく」

菊二はすぐに屋敷を出て行った。

庭の藤棚もだいぶきれいな紫の花が整ってきた。いったい、政吉が強請っている相手は誰であろうか。果たして、捕り違い、吟味違いをした小浜鉄太郎か塚田惣兵衛か。

「おまえさま」

おゆみがやってきた。

「夕餉の支度ができました」

「うむ」

おゆみの声を上《うわ》の空《そら》で聞いて、城之進は政吉の企みに思いをはせた。

菊二は岩本町の居酒屋の暖簾をくぐった。源三郎はまだ酒を呑んでいた。

「戻って来たか」

酒を茶碗に注ぎながら、

「手を打ってきたのか」

「へえ」

菊二は頷いたが、

「そのことで、舞阪さまにお願いが」

「なんだ？」

「政吉を守ってもらいたいのです。あっしといっしょに大番屋を今夜一晩見張っていただけませんか」

「大番屋を見張れだと」

源三郎は呆れたように言う。

「俺は少し大仰《おおぎよう》に言ったまでだ。まさか、大番屋に押しかけてまで殺しはしまい。そんな大胆な真似をするはず……」

源三郎は声を呑んだ。

「真剣らしいな」

「お願いできませんか。もともと政吉の用心棒ではありませんか」

「政吉が捕まるまではな。今は違う」

「そんなきっぱり縁が切れるのですかえ」

菊二は食い下がる。

「奉行所の者は当てにならぬということか」

源三郎はため息をついた。

「そういうことです」

「よし、わかった。ただし……」

「金ですか」

「金などいらぬ」

源三郎は鋭い顔つきになって、

「そなたがすべてを正直に話すことだ」

「では、舞阪さまもお話しくださいますか」

「俺はある程度話している」

「肝心なことは話してくれていないように思えますが」

「まず、そなたが話すのが先だ」

「わかりました」

「おや、もう空《から》か」

源三郎は徳利を振った。

「姐さん」

「舞阪さま、いけませんぜ。これから仕事です」

小女が近づいてきた。

「姐さん、いいんだ。すまない。勘定を頼む」

菊二は強引に切り上げた。

源三郎は渋い顔をして立ち上がった。


菊二と源三郎が大番屋の裏の川っぷちに身を潜めてから一刻（二時間）が経った。

夜が更けると、初夏とはいえ肌寒い。

「酒を持ってくるんだった」

源三郎が未練たらしく言う。

「ことが済んだら好きなだけ呑ましてさし上げますよ」

「馳走してくれると言うのか」

「へい」

「もう子《ね》の刻《こく》（午前零時）だ。杞憂《きゆう》だったかもしれぬな」

源三郎が呟く。

「おや、音が」

菊二は大番屋をまわって表の様子を見に行った。源三郎もついてきた。

見張りの同心と小者が大番屋を出て行ったところだ。

「妙ですね。奉行所に戻るつもりでしょうか」

「うむ。大番屋の中は手薄だな」

「ええ」

しばらくその場に佇《たたず》んでいた。すると、微かに地を蹴る足音がした。

やがて黒い影が大番屋の戸の前に立った。黒い布で頰被りをし、着物を尻端折りした男だ。その背後に三人の侍がいた。三人とも黒い布で顔をおおっていたが、そのうちのひとりは左腕を首にかけた布で吊っていた。

「あやつら」

源三郎は吐き捨てた。

「知っているんですかえ」

「昼間、俺を襲った連中だ」

「飛び出しますかえ」

「俺が浪人を相手にする。そなたは頰被りの男を相手にしろ」

「わかりました」

頰被りの男が大番屋の戸に手をかけた。

「行くぞ」

源三郎は飛び出した。

「待て」

頬被りの男が顔を向けた。その男に菊二は向かって行った。三人の浪人が源三郎を囲んだ。

「政吉に指一本ふれさせねえ」

「とんだ邪魔を」

頬被りの男が懐から匕首を取りだし構えた。

「誰に頼まれた」

菊二は問い詰める。

「誰の頼みでもない。どけ」

男は匕首で斬りつけた。菊二は後ろに飛び退《の》いた。

その隙《すき》に男は大番屋に飛び込んだ。菊二はあとを追う。男は奥の仮牢に突っ走った。

「鍵を出せ」

男は番人に叫ぶ。

「だめだ」

菊二は男に飛びかかった。だが、男は素早く避け、番人に飛びかかって鍵を奪った。

菊二は仮牢の扉の前に立ちふさがった。

「どけ」

男は大声を出す。

「そんなに政吉が邪魔なのか」

菊二は問い返す。

「政吉、気をつけろ。刺客だ」

「黙れ」

男は匕首を振り回しながら迫った。菊二は牢格子に追いつめられた。最後の一撃を加えようと、男は匕首を大きく振りかざした。

菊二はその隙を狙って思い切って足を踏み切り、胴目掛けて突進した。相手の胴に抱きつくと男は仰向けに倒れた。

が、すぐに男は菊二を押し退けて立ち上がった。菊二も立ち上がり、落ちていた鍵を遠くに蹴飛《けと》ばした。

男はいったん匕首を構えて菊二を牽制し、土間を駆け抜け外に飛び出した。菊二も戸口を出た。

浪人ふたりが倒れ、眉毛の薄い細面の浪人と源三郎が立ち合っていた。

遠くから提灯《ちようちん》の明かりが近づいてきた。

「また、勝負はお預けだ」

浪人が剣を引いた。

「舞阪さま。同心です。逃げましょう」

菊二は声をかけ、一目散にその場から立ち去った。

背後で騒ぐ声が聞こえていた。

第三章　金の流れ

一

翌朝、城之進は小伝馬町の牢屋敷を訪れ、牢屋同心の筆頭である鍵役《かぎやく》同心に会った。死罪などの刑の申し渡しは吟味方与力が牢屋敷に出向き囚人に言い渡すので、城之進は鍵役同心とも懇意であった。

「本日、入牢《じゆろう》する政吉は出戻りですが、今度は命を狙われる恐れがあります。十分に目を配るようにお願いしたいのですが」

「刺客が牢内に入り込むかもしれないのですか」

鍵役同心は強張った声できく。

「特に、これから入牢してくる者には気をつけてください」

「わかりました」

「大牢の牢名主に頼んでおいていただけますか」

「頼んでおきます。牢名主の睨《にら》みがあれば、牢内で滅多なことはできません」

「ありがとうございます」

城之進は礼を言い、牢屋敷をあとにした。

奉行所に出仕して、年番方筆頭与力の赤井十右衛門に会った。

「昨夜、政吉が襲われました」

城之進は切り出した。

「そうか。大番屋まで押しかけたのか」

「はい。それも、警固の当番方の同心が奉行所に呼ばれて留守にしたときに賊は押しかけたのです。その同心が誰に呼ばれたのか。赤井さまから調べていただいたほうがよろしいかと」

「……」

「私がしゃしゃり出ると、何かと」

藤兵衛夫婦殺しの場に居合わせたとして政吉を調べることになった城之進と、先にその件を吟味した塚田惣兵衛との対立、というとらえ方をされかねないことを心配したのだ。

「わかった」

十右衛門は頷いてから、

「政吉はきょうは小伝馬町に送られるのだな」

「はい。牢屋敷まで刺客は押しかけないでしょうが、念のために牢屋同心に用心してもらうように頼んできました」

「それにしても、政吉はなぜ命を狙われるのだ？」

十右衛門はきいた。

「政吉は何者かを強請っているようです」

「強請りの相手は誰だ？　まさか、塚田惣兵衛……」

「確とした証があるわけではなく、断定はできません。政吉から聞き出すしかありません」

「しかし、強請りのネタは藤兵衛夫婦殺しではないのか」

「はい。なれど、藤兵衛夫婦殺しが政吉の仕業かどうかまだわかりません。これから政吉を取り調べて行く中ではっきりさせていきたいと思います」

「うむ」

十右衛門は唸ってから、

「正直なところ、そなたはどう思っているのだ？」

「わかりません。ただ、はっきりしているのは、政吉を殺そうとしている者が奉行所の中にいるということです」

「……」

十右衛門はため息をつき、

「もし、そうだとしたら、そなたはどうするつもりだ？」

「どうするつもりとは？」

「政吉から強請られている者をどうするかということだ」

塚田惣兵衛、あるいは小浜鉄太郎を念頭においてのことか。

「強請られていることがどうのこうのより、政吉の口封じを図ったことが厄介《やっかい》でありましょう。江戸の人々の命と安全を守らねばならぬ身でありながら保身のために勝手に動いたのだとしたら、それは責められて当然かと存じます」

「確かに保身のためもあろうが、南町の体面《たいめん》を守り、信頼を損ねまいとしたのかもしれぬが」

「そのためなら、ひとの命を奪ってもいいというものではないと思います」

城之進は敢然と口にした。

「うむ。そなたの言うとおりだ」

「しかしながら、まだ政吉の言い分が正しいと明らかになったわけではありません」

政吉が嘘をついていたら、塚田惣兵衛や小浜鉄太郎に何の落ち度もないことになる。

「これから、藤兵衛夫婦殺しについて政吉を厳しく取り調べ、真相を暴きたいと存じます」

城之進は言い切ったあと、

「では、先ほどの件、よろしくお願いいたします」

と、頭を下げて立ち上がった。

吟味方与力の部屋に戻ると、塚田惣兵衛が文机の前で腕組みをして目を閉じていた。その横顔に憔悴《しょうすい》の色が窺えた。

ふつか後の朝四つ（午前十時）、吟味方与力の詮議所の庭に政吉が引き立てられてきた。

「妻恋町伊兵衛店の政吉、そなたは源次とともに金貸し藤兵衛夫婦を殺《あや》めた疑いで捕縛されたのであるが、このことに何か申し開きすることはあるか」

城之進は切り出した。

「恐れながら、源次は関わりがありません。あっしがひとりで藤兵衛夫婦を殺し、金を盗んだんです。藤兵衛夫婦殺しの下手人はあっしです」

政吉は以前と同じことを言い張った。

「では、金貸し藤兵衛の家に押し入ったときのこと、改めて申してみよ」

「へい」

政吉は頷き、

「あの夜、金貸し藤兵衛の家から証文を奪おうと思い、匕首を懐に呑んで藤兵衛の家に行ったんです。そしたら男があわてて飛び出してきました。あとで知ったのですが、それが源次でした。あっしは急いで家の中に入り、藤兵衛夫婦が倒れているのを見て、ことの次第を察しました」

「倒れているのを見て、死んでいると思ったのか、それとも気絶しているだけだと思ったのか」

城之進は口を挟んだ。

「気絶しているだけだと。息をしていましたから」

「それで」

「ふたりが気がつかないうちに、自分の証文を探しました。そしたら、藤兵衛が呻き声を上げました。気を取り戻したのです。そして、あっしを見て、何か叫ぼうとしたので、あわてて匕首で……」

政吉は厳しい顔つきで続けた。

「そのとき、藤兵衛は刃を握ったんです。それで手のひらに傷ができたんです」

城之進にはこのことが謎だった。政吉はどういう手立てでそのことを知ったのか。それとも、ほんとうに政吉が下手人なのか。

それから藤兵衛が倒れた拍子に長火鉢の鉄瓶がひっくり返って灰神楽が立ったこと。妻女を殺したとき、裾が乱れた姿で倒れたことなど、その場にいた者でなければわからないことを口にした。

「ふたりを殺したあと、どうしたのだ?」

「証文を探し、そして金箱から百両を奪い、逃げました」

「証文はあったのか」

「いえ、源次が全部持っていってしまったのです」

「では、百両だけ盗んだのか」

「へい、そうです」

「その百両はどうした？」

「本郷菊坂町の長屋に住むおせんに預けました」

「おせんとはどういう間柄だ？」

「昔、同じ長屋に住んでいたんです」

「親しいのか」

「男と女の仲ではありませんが、気心はよく知れていました」

「しかし、おせんは三月前に長屋から引っ越していったそうだ」

「へえ」

「知っていたのか」

「じつは預けた金を返してもらおうと訪ねたら、突然引っ越したと聞いてびっくりしたんです」

「どこに引っ越したのかわからないのか」

「わかりません」

「前回、おせんにきけばわかると言わなかったか」

「へえ、言いました」

「いない者に、どうやってきくのだ?」

「ですから、お上の力で、おせんを探してもらおうと思ったのです」

政吉はいけしゃあしゃあと言う。

「わかった、探してみよう」

「お願いいたします」

「藤兵衛夫婦を殺した匕首をどうしたのだ?」

「源次の住む本郷菊坂台町の長屋の路地の突き当たりにある稲荷の祠の裏に隠したんです。そうすれば、殺しの罪も源次に被せることができると思いまして」

「源次のことは知らなかったのか」

「へえ、知りません」

「ふたりで、押し入ったのではないのか」

「違います。あっしはあとから押し入ったのです」

「源次に罪をなすりつけたことがうまくいったのに、なぜ、いまになって自訴する気になったのだ?」

「源次が獄門になったあと、良心の呵責があったんです。そんなときに、『松代屋』

の番頭殺しで捕まってしまいました。殴っただけなのに殺したことにされてしまって。これも、罰《ばち》が当たったのだと思うと同時に、どうせ裁かれるなら実際に手を下した藤兵衛夫婦殺しでのほうがいいと考え、訴えたのです」

「政吉」

城之進は鋭く声をかけ、

「そなた、何者かに命を狙われているな」

「………」

「先日は大番屋まで賊が押しかけてきた。気がついていたか」

「へえ」

「誰だ、そなたを狙っているのは？」

「知りません」

政吉は顔をまっすぐ向けた。

「そんなはずはあるまい。心当たりがあるはずだ」

「わかりません」

「命を狙われていることは認めるのだな」

「へえ」

政吉は小さく頷いた。

「藤兵衛夫婦殺しが真にそなたの仕業だとしたら、奉行所はひと殺しをしていない源次を死罪にしてしまったことになる」

城之進は政吉を見据えて、

「下手人の捕り違い、吟味違いは奉行所の大失態だ」

「……………」

「そなたはこのことにかこつけて何か企んだのではないか」

「仰っていることがわかりません」

「よし、今日はこれまでとする」

城之進は政吉を下がらせた。

政吉に代わって新たな呼出しの者がお白洲に座った。

その日の詮議をすべて終えたあと、城之進は小浜鉄太郎を呼びつけた。

「藤兵衛夫婦殺しの探索の様子を教えてもらいたい。源次が浮上した経緯《いきさつ》を知りたい」

「はっ」

鉄太郎は畏《かしこ》まって、

「証文がすべて持ち去られていたので借金の取り立てを請け負っている男や通いの奉公人から客の名を調べ上げ、直近で督促の厳しかった源次が浮かんだのです。調べると、騒動の前の晩に、藤兵衛と言い合いをしていたことが分かりました。源次は白山権現の脇にある料理屋『たちばな』のお孝という女中に入れ揚げていることがわかったんです。それで、源次の住む長屋を調べたら、七輪に証文らしい紙の束を燃やした跡があり、さらに路地の突き当たりにある稲荷の祠の裏に血のついた匕首が隠してあったのです」

「なるほど。それで源次を捕まえたのか」

その流れの中では強引な真似も必要なかったはずだ。

「お孝という女には会ったのか」

「はい。話を聞きにいきました」

鉄太郎が伏し目がちになったので、城之進はおやっと思った。

「お孝は源次が入れ揚げるくらいだからいい女なんだろうな」

「ええ、それほどの美人ではありませんが、色っぽい女でした」

「お孝に、源次がどうやって藤兵衛夫婦を殺したか話したことは？」

「……」

「話を聞きだすために口にしたかもしれません」

「灰神楽のことや手のひらの傷のことはどうだ？」

「話したかもしれません」

鉄太郎は消え入りそうな声で言う。

「そうか、わかった」

「望月さま」

鉄太郎が思い詰めたような目を向け、

「源次は殺していないのですか」

と、きいた。

「いや。政吉がそう言っているだけだ。政吉の訴えが正しいという証はない」

「私に何かできることは？」

「だいじょうぶだ。気にしなくていい」

「わかりました」

鉄太郎は引き上げた。

それから、城之進は帰り支度をした。

屋敷に帰ってほどなく菊二がやってきた。

「『たちばな』のお孝に会ったと言っていたな」

「はい、源次が入れ揚げていた相手です」

「小浜鉄太郎はお孝に藤兵衛夫婦の死んでいた様子を話したようだ。源次のことをきき出すときに不用意に喋ってしまったのだろう。政吉はお孝から、亡骸の様子を聞いたのではないかと思える」

「政吉なんて知らないと言ってましたが」

菊二は顔をしかめ、

「確かめてきます」

「それから、政吉はきょうもおせんに盗んだ金を渡したが持ち逃げされたと言っていた。おせんの行方を突き止めるのだ」

「わかりました」

菊二が引き上げたあと、おゆみがやってきた。

「近頃、顔色が優れぬようだ。医者に診てもらえ」

「大事ありません」

おゆみは笑った。

「毎日、陳情に来る客の応接で気の休まる暇《いとま》もあるまい。少し減らせるとよいのだが」

吟味方与力には付け届けが多い。城之進はそのようなもので取調べは左右されないと言ってあってもいっこうに減らない。

「私はだいじょうぶです」

おゆみは笑みを湛《たた》えた。

「だが、念のためだ。医者に診てもらえ」

城之進は勧めた。

「はい」

おゆみは素直に応じ、

「そろそろ夕餉の支度が整いましょう」

「よし」

そう言いながら、ふたりで並んで庭の藤棚を見ていた。いよいよ盛りになっていた。

二

翌朝、菊二は本郷菊坂町にやってきた。

木戸の横にある大家の家に寄った。

出てきた腹の出た四十年配の大家に、

「先日はどうも。おせんさんのことでやってきた菊二です」

と、挨拶する。

「ああ、おまえさんか」

「じつはどうしてもおせんさんに確かめたいことができましてね。引越し先はわかりませんか」

「お敏《とし》なら知っているかもしれぬな」

「お敏さんですか」

「きいてやろう」

大家は出てきて、長屋の路地に入った。そして、真ん中の家の前に立った。腰高障子に鉋《かんな》の絵が描いてあった。

大家は戸を開け、

「お敏はいるか」

と、声をかける。

「大家さん、なんですかえ」

縫い物をしていた手を止め、お敏がきいた。

「こちらの方がおせんを探しているのだ。行き先を知らないか」

「おせんちゃんなら今は板橋宿《いたばしじゅく》にいます」

「板橋宿のどこですかえ」

菊二は前に出てきく。

「中宿《なかじゅく》の中にある提灯屋に嫁いだみたいですよ」

「どうして知っているんだ？」

大家が不思議そうにきいた。

「亭主の仲間が板橋宿に遊びに行ったとき、提灯屋から出てきたおせんちゃんにばったり出会ったそうです」

大工仲間が板橋宿の飯盛女のところに行ったのだろう。

「わかりました」

「これから会いにいくんですかえ」

お敏がきいた。

「ええ」

「じゃあ、一度会いたいからって伝えてくださいな」

「わかりました、そうお伝えしておきます」

大家にも礼を言い、菊二は長屋を出た。

いったん本郷通りに出て、森川《もりかわ》の追分《おいわけ》から中仙道《なかせんどう》に入り、いっきに板橋宿に向かって歩を進めた。

板橋宿に近づくと旅装の男女だけでなく、朝帰りの遊び客らしい男の姿も目についた。

両側に旅籠《はたご》が並ぶ通りを左右に目を向けながら歩いていると、提灯屋の看板が目に入った。

菊二は戸口に立った。若い男が板敷きの間で提灯に紙を貼っていた。

「ごめんくださいまし」

菊二は男に声をかけた。

男は手を休め、顔を向けた。

「すみません、手を止めさせて」

菊二は詫びてから、

「こちらにおせんさんはいらっしゃいますか」

と、きいた。

「おまえさんは？」

「へえ、本郷菊坂町のお敏さんから頼まれてやってきました」

菊二はお敏の名を利用した。

「そうですかえ。ちょっとお待ちを」

男は手を叩いた。

しばらくして長暖簾を掻き分けて、二十五、六の女が現われた。

「客人だ」

男がそう言い、再び仕事に戻った。

「おせんさんでしょうか」

「はい」

「お敏さんから一度会いたいからと伝えてくれと仰せつかってきました」

「そうですか」

「つかぬことをお伺いしますが、政吉って男をご存じですかえ」

「政吉？」

「三十一歳、細身で、先の尖った鷲鼻で、頬骨が突き出ている男です」

「知りません」

「知りませんか」

「その男がどうかしたのですか」

「へえ、じつはおせんさんの名を出したので、知り合いかどうかを確かめに……」

菊二は首をひねった。おせんはとぼけているようには思えなかった。

「知りませんか」

「ええ」

「そうですか、何かの間違いのようです。失礼しました」

「あの、お敏さんも変わりなく？」

「ええ、元気にやっています。大家さんも、おせんさんはどうしているだろうと言ってました。じゃあ」

菊二は提灯屋を出て、来た道を引き返した。

やはり、おせんの件は政吉の作り話だ。

だが、政吉がどうしておせんを知っていたのか。

菊二は途中、中仙道から逸《そ》れ、白山権現に向かった。

黒板塀に囲われた『たちばな』に入った。二階の小部屋に上がり、お孝を呼んだ。

きょうはすぐにやってきた。

「なんだ、おまえさんか」

お孝は顔をしかめた。

「そんなあからさまにいやな顔をしなさんな」

「おまえさん、岡っ引きの手先だろう」

「違う。が、同じようなものだ」

菊二は真顔になって、

「源次のことをききに南町の小浜鉄太郎って同心がやってきたな」

と、お孝に迫るようにきいた。

「ちょっと私にもお酒くださいな」

お孝は近寄ってきて猪口を持った。

菊二は酌をしてから、

「その同心から藤兵衛夫婦が殺されていた様子を聞いたそうだな。藤兵衛の右の腕は灰だらけで、手のひらに傷ができていたこと。かみさんの着物の裾は乱れていたこと。隠しても無駄だ」

「別に隠すつもりはありませんよ」

お孝は酒を呑み干した。

「政吉を知らないと言っていたが、ほんとうは知っているんじゃないのか」

「政吉なんて知りませんよ」

「しかし、政吉は藤兵衛夫婦の亡骸の様子を知っていた」

「私が話したのは伊佐吉さんだけですよ」

「ほんとうか」

「政吉って男のことで嘘をついたって仕方ないじゃないですか。私が話したのは伊佐吉さんだけですよ」

「どうやら嘘じゃないようだな」

「当たり前ですよ」

「伊佐吉か」

先日会ったときはその話題にはならなかった。それに、伊佐吉も政吉を知らないということだった。

「よし」

菊二は立ち上がった。

「あれ、もう帰るのかえ」

「ああ。急用を思い出したんだ」

「そう」

お孝は興《きよう》ざめしたように立ち上がった。

暗くなってから、菊二は小石川片町の伊佐吉の住む長屋に行った。

腰高障子を開けて、

「ごめんください」

と、菊二は声をかけた。

伊佐吉は出かけようとするところだった。

「おまえさんか」

伊佐吉は眉根を寄せた。

「すまねえ、すぐ引き上げる」

菊二は穏やかに言い、

「ひとつだけ確かめたいことがありましてね。伊佐吉さんは『たちばな』のお孝さんから、藤兵衛夫婦がどんな様子で死んでいたか聞いていましたね」

「ああ、聞いた」

伊佐吉はあっさり答える。

「そのことを誰かに話したことはありませんか」

「誰かに……」

伊佐吉は小首を傾げたあと、

「そうそう、そんな話をしたことがある」

「誰にですかえ」

「京助《きようすけ》という男だ」

「京助というのは何者ですかえ」

「錺《かざり》職人だ。茅町に住んでいる。あっちまで野菜を売りにいくんでね」

「どういうわけでそんな話に？」

「世間話の中で、そんな話になったんだ。そういえば京助ってひとは、ずいぶん藤兵衛夫婦の様子に関心を寄せていたな」

「それはいつごろのことですか」

「ひと月余り前だ」

「そうですかえ」

「もういいかえ。これから出かける」

「『たちばな』ですかえ」

「うむ」

伊佐吉は気まずそうに俯《うつむ》いた。

あまりお孝にのめり込まないようにと口に出かかったが、よけいなお世話だと思い、

「じゃあ、失礼します」

と、先に土間を出た。

それから、加賀前田家上屋敷《かがまえだけかみやしき》の脇から湯島切通しを抜けて不忍池沿いの茅町にやってきた。

伊佐吉から聞いた長屋木戸を入り、京助の住まいを探す。奥まで行くと、簪《かんざし》の絵に京助と書かれた千社札が貼ってある腰高障子が目に入った。

だが、中は暗かった。念のために声をかけて戸を開けたが、やはりまだ帰ってい

なかった。

しばらく待ったが、帰ってきそうもなかった。

夜五つ半（午後九時）近く、舞阪源三郎は神田明神の拝殿の脇に立っていた。ときたま、お参りにひとが訪れる。

ふと、裏門のほうの暗がりから天正寺裏で会った頭巾の侍が現われた。源三郎はその侍が近づくのを待った。

侍が源三郎の前で立ち止まった。しばらく睨み合った。雰囲気からして三十代半ば。眼光は鋭い。

「約束のものだ」

頭巾の侍は懐から袱紗《ふくさ》に包んだものを取り出した。

源三郎は手を差し出す。相手は素直に寄越した。

「確かに」

「政吉にどうやって伝えるのだ？」

頭巾の侍はきく。

「俺は知らん。ただ、金の受取りを頼まれただけだ。政吉が出てきたら渡す」

「そなたは政吉の仲間なのか」

侍がきく。

「俺は用心棒として雇われただけだ。だから、政吉が誰をどんなネタで脅しているのかまでは知らぬ」

「……」

「これで政吉とは縁が切れるのか。それとも、これからも政吉の命を狙うのか」

「政吉次第だ」

「いったい、そなたたちは政吉の何を恐れているのだ」

「言う必要はない」

頭巾の侍はそう言い、表門のほうに引き上げて行った。

しばらくして、天正寺の寺男の平助が現われた。

今朝、頭巾の侍の使いが長屋にやってきた。そのあと、天正寺に行き、平助にこのことを告げたのだ。

「金だ」

源三郎は渡し、

「確かめてみろ」

「へい」

平助は袱紗を開いた。

「確かにあります」

「そうか。では、俺の役目は終えた」

源三郎は鳥居のほうに向かった。源三郎は平助の視線を感じていた。ほんとうに引き上げるか、確かめようとしているのだろう。

鳥居を出て、柱の陰に身を隠して様子を窺う。

平助は裏門のほうに向かった。源三郎は素早く境内を突っ切り、平助のあとを尾けた。

妻恋坂に出て、さらに平助は湯島天満宮方面に向かった。途中、何度も用心深く振り返ったが、暗がりに身を隠しながらの源三郎に気づくことなく、平助は湯島天満宮の境内に入り、男坂のほうに向かった。

男坂の手前にある銀杏の樹のそばに、男が待っていた。三十過ぎの小肥りの男だ。平助はその男のそばに行った。金を渡したようだ。

男は受け取ったものを懐に仕舞い、坂を下りた。追いたかったが、坂の手前に平助が立ったままだった。

尾けてくる者を用心してのことか。ようやく平助は坂を下った。

源三郎が坂の上までやってきたとき、すでに平助が会っていた男は石段を下りきっていた。

ふつか後の朝、源三郎は小伝馬町の牢屋敷の門を見通せる場所に立っていた。奉行所の同心に連れられ、数珠繋《じゅず》ぎになった囚人たちが牢屋敷から出てきた。その中に、政吉の顔を認めた。

源三郎は一行のあとを尾ける。一行はお濠《ほり》のほうに向かった。少し、間をとってついていく。

すると、源三郎の前を歩いて行く小肥りの男に気づいた。背格好は湯島天満宮で見た男に似ていた。

男はお濠に出る手前の道を左に折れた。それから小走りになって日本橋川に突き当たる手前でお濠のほうに曲がった。

男は一石橋《いっこくばし》の袂《たもと》に立った。源三郎は少し離れたところから様子を窺う。

やがて、囚人の一行がやってきた。ぞろぞろ一石橋を渡って行く。政吉は気づいたようで、男に顔を向けた。

小肥りの男が右手を上げた。おそらく、金を受け取ったことを知らせる合図だろう。

一行が行き過ぎてから男は引き返した。

源三郎は男のあとを尾けた。政吉の仲間に平助と小肥りの男がいるのだ。他にもいるかもしれないが、この三人は奉行所の何者かを強請り金を奪ったのだ。

小肥りの男は須田町《すだちよう》を過ぎ、八辻ヶ原を突っ切り、筋違橋を渡り、御成道《おなりみち》に入った。そして、下谷広小路《ひろこうじ》を抜け、池之端仲町から茅町に入った。

後ろを気にすることなく小肥りの男は長屋木戸を入った。源三郎が木戸口から見ていると、男は一番奥の家に消えた。

源三郎を寺の門に待たせ、政吉は四半刻どこかに消えたことがあった、政吉は小肥りの男に会いに来たのだと思った。

源三郎が長屋路地に足を踏み入れようとしたとき、

「舞阪さま」

と、背後から声をかけられた。

源三郎ははっとして振り返った。

「そなたは……」

菊二だった。

「どうしてここにいるのだ?」

「舞阪さまこそ、どうして」

ふたりは互いに顔を見合わせていた。

三

詮議所のお白洲に政吉が連れてこられた。背後の襖《ふすま》の向こう側で誰かが聞き耳を立てているようだ。

城之進は政吉の表情を見ておやっと思った。微かに含み笑いをしているかのように口元がゆるんでいる。

「前回、相変わらずそなたは藤兵衛夫婦を殺したのは自分だと言い張って……」

「申し訳ございませんでした。嘘です」

いきなり、政吉が訴えた。

「藤兵衛夫婦殺しにあっしは関わっていません」

「なんと申す。前言を翻《ひるがえ》すのか」

「はい。藤兵衛夫婦を殺したと言い張っていたのは、やってもいない番頭殺しの下手人にされたことで自棄《やけ》になって言ったまでで、あっしはほんとうはやっていないのです」

「しかし、そのほうの訴えは真実味があった。そなたは、真の下手人でなければ知り得ない藤兵衛の右の手のひらの傷を口にした」

城之進は息を継いで鋭くきく。

「なぜ、知っていたのだ?」

「ある男から聞きました」

「ある男とは誰だ?」

「へえ、獄門になった源次のだちで伊佐吉っていう男です」

「伊佐吉はなぜそんなことを知っていたのだ?」

「白山権現の横手にある料理屋『たちばな』のお孝という女中から聞いたそうです。お孝は聞き込みに来た同心の旦那から教えてもらったってことです」

「天正寺の井戸で返り血を浴びた手を洗っているところを寺男に見られたと言っていた」

「血を洗っていたんじゃありません。それに、殺しがあった日とは別の夜です」

「おせんという女に盗んだ金を預けたと言っていたが？」

「それも嘘です。おせんさんが三月前に引っ越したことを聞いていたので、かこつけました」

「預けてあった金を持ち逃げされたというのも嘘だな」

「はい。申し訳ありません」

「おせんを見つけ出せば、すぐ嘘がばれる。いずればれるような嘘をなぜついたのだ？」

「金を持ち逃げしたことにすれば、ほんとうのことが明らかになるまで相当な日にちがかかるはずだと考えたのです」

「そうではあるまい」

城之進は決めつけるように、

「そなたは己の企みが必ずうまくいくという自信があったのではないか。つまり、強請りの相手が必ず屈服すると思っていた。きょうそなたが突然、前言を翻したのは、望みがかなったからであろう。強請りを働いている相手から仲間に金が入ったことを知って、そなたは藤兵衛夫婦殺しと関わっていないと言い出したのだ。どうだ」

城之進は迫った。

「企みだとか強請りだとか、あっしには狐につままれたようです」

「なぜ、命を狙われたと思ったのか」

「いっこうにわかりません」

「今後も狙われ続けるのではないか」

「そんなことはないと思います」

「よいか。そなたに弱みを握られて強請られた者は、たとえ申し出どおり金を払ったとしても、またいつ強請られるかと恐れているはずだ。そなたを始末しなければ枕を高くして眠れない……」

「お言葉でございますが、あっしは誰も強請ったりしていません」

政吉は顔を向けて堂々と言い切った。

「わかった。きょうはここまでとし、次回、そなたがどんな企みを持っていたのか、問い質す」

「……」

「あっしは藤兵衛夫婦殺しには、まったく関わっていません」

「そなたがそれにかこつけて何を企てたのかを問い質す。よし、これまで」

政吉は引き立てられて行った。

次の取調べまで若干の暇があった。いったん、城之進は部屋に戻った。すると、見習い与力が赤井十右衛門が呼んでいると告げた。

城之進はすぐ十右衛門のところに行った。

向かい合うなり、十右衛門が切り出した。

「今、政吉の詮議を聞かせてもらった」

「赤井さまでございましたか」

襖の向こう側で聞いていた主が十右衛門とは考えてもいなかった。

「政吉は藤兵衛夫婦殺しとはまったく関わりがないことを認めたのだな」

「はい。あれほど強く自分がやったと言い張っていたのをあっさり翻しました。これは、強請りの相手から……」

「待て」

十右衛門は城之進の言葉を制した。

「藤兵衛夫婦殺しに捕り違い、吟味違いがなかったことが明らかになったではないか。これで奉行所の名誉が損なわれずに済んだ。これをもってよしとしなければならぬ。政吉は虚偽の訴えをした罪で裁き、早くこの件を落着させたほうがよくはな

「政吉に強請られているのではないかと。ふたりともそのようなことはないと言う。捕り違い、吟味違いはなかったのだから、強請られても動ずることはなかったはずではないか」

「確かに仰るとおりです。しかし、政吉はきょうになって急に前言を翻したのです。よほどのことがあったに違いありません」

「なれど、このままではあらぬ疑いを招きかねん。瓦版でも、藤兵衛夫婦殺しで捕り違いがあったのではないかと報じられる恐れがあるようだ。間違って世間に広まる前に、虚偽の訴えをした罪で政吉を裁き、この件を早くに落着させたい。お奉行も同じご意向だ」

「しかし……」

「そなたの気持ちはよくわかる。だが、政吉が奉行所の誰かを強請っていたという証はない。もし、強請っていたのが真であったとしても、相手は奉行所の外の者だろう。できることなら、すぐにお奉行のお白洲を開き、江戸払いで一件落着させるのだ」

「江戸払いですか」

「そうだ。藤兵衛夫婦殺しで虚偽の訴えをしたのだ、江戸払いということになれば、藤兵衛夫婦殺しで捕り違いはなかったという世間への訴えにもなる」

十右衛門はため息をついて続けた。

「塚田惣兵衛がそなたに大層立腹なのだ。藤兵衛夫婦殺しは吟味違いだと疑い、面目を失わせた。政吉の詮議は自分に任せるべきだとわしに訴えてきた」

「……………」

「このままでは奉行所内で対立が生まれてしまう。早く、政吉の件を片づけるしかない」

政吉の命を狙っている賊は奉行所の中にいる。江戸払いとなれば、秘密裏に殺されるかもしれない。そう反駁《はんばく》しようとしたが、見習い与力が、次の詮議がはじまる刻限だと呼びに来たので十右衛門との話し合いは中断した。

「次回、証人を呼び、政吉が藤兵衛夫婦殺しに関与していないことを明らかにし、そのあとでお奉行にお裁きを」

「いや、政吉がやっていないことが明白なら早く一件落着させる、よいな」

「わかりました」

大きくため息をついて、城之進は立ち上がった。

その夜、八丁堀の屋敷に菊二がやってきた。

「城之進さま。今朝、舞阪源三郎さまと妙なところで会いました」

そう切り出し、菊二はおせんやお孝に会ってきた話と源三郎から聞いた話を語った。

聞き終えて、城之進は大きく頷き、

「やはり、金が渡ったか」

「はい、残りの金を舞阪さまが受け取り、政吉に頼まれたとおりに寺男の平助に渡したそうです。平助はその金を錺職人の京助に渡したそうです。そして、京助は今朝、小伝馬町の牢屋敷から取調べのために奉行所に向かう一行を一石橋の袂で待ち伏せて、一行の中にいる政吉に合図を送ったということです」

「それでわかった。今日の詮議で、政吉は前言を翻した。強請りがうまくいったからだ」

城之進はお白洲での政吉の態度を思い出した。

「しかし、強請りの相手がわからない」

「源次を捕まえた同心か吟味の与力ではないのですか」

菊二がきいた。

「そう思ったが、やはり源次の仕業だったことになると、ちょっと引っ掛かるのだ。小浜鉄太郎も確信をもって捕縛し、塚田さまも吟味に自信を持っていたようだ。そんなふたりが強請りに屈しただろうか」

「でも、あからさまにそのことを訴えていませんね」

「そうだ。引っ掛かるのはそのことだ。俺が藤兵衛夫婦殺しを気にかけたことで、塚田どのは俺に文句を言ってきたが、一度だけだった。それも、激しい言葉の割には腰が引けているように思えた。塚田どのの性分から、もっとねちねち厭味《いやみ》を言ってくると思ったが、あっさりしていた。自信があったからだとも言えなくないが」

「………」

「もっとも、今になって塚田どのは俺に怒っているらしい」

「藤兵衛夫婦殺しに政吉が関わっていないとわかって安心したからでしょうか」

「そうかもしれぬ」

「すると、強請りの相手は塚田さまではないことになりますね」

「政吉が藤兵衛夫婦殺しを告白したから当然そこに目が向いた。しかし、どうやら

「そこが目眩《めくらま》しだったようだ」

城之進は唇を嚙んだ。

「寺男の平助か錺職人の京助を問い詰めますか」

菊二が気負い込む。

「いや、何も語るまい」

政吉のように強《したた》かと思える。

何か見落としているのかもしれないと、城之進は考えた。それは何か。

そもそも、政吉は『松代屋』の番頭増太郎殺しの疑いで捕まったのだ。しかし、政吉は番頭を殴っただけで、自分が引き上げたあとに真の下手人がやってきたと訴えた。その証として藤兵衛夫婦殺しを白状した。

もし捕り違いや吟味違いで、源次を獄門にしてしまったとしたら大事になるというので藤兵衛夫婦殺し一本に絞ったのだ。

こうなったら、番頭殺しを改めて調べ直す必要がある。政吉が真の下手人の公算は大きい。

「調べてもらいたいことがある」

城之進は菊二に顔を向けた。

「政吉は『松代屋』で言い掛かりをつけて金を脅し取ろうとした。それを番頭の増太郎に撥ねつけられ、十両をとりそこねたのだ。その恨みがあって、たまたま出くわした増太郎に襲いかかったということだった。だが、殴っただけで、殺していないと言っていた」

「では、番頭殺しもまだ下手人はわかっていないのですね」

「木下兵庫が改めて探索をし直しているが、怪しい人物は浮かんでこないそうだ。『松代屋』の番頭増太郎についても新しい話は出てこないようだ。増太郎に関してはどうも正攻法の聞き込みでは隠れたものは出てこないかもしれぬ。八丁堀の同心には警戒して答えているのだろう。だから、そなたにはもっと違う形で『松代屋』の奉公人に近づいて、増太郎の裏の顔をあぶり出してもらいたい」

「わかりました」

菊二は頷いてから、

「政吉はまた解き放ちになるんですね」

「虚偽の訴えをした罪に問われるだけだ。だが、江戸払いになるだろう。かえってその身が危ない。敵にすれば、隠密裏に政吉を始末できる」

城之進は思案しながら、

「番頭殺しで再び捕縛するしかない。政吉の命を守るためにも牢屋敷に閉じ込めておかねばならない。政吉を捕縛できる新たな証が欲しい。気になるのは、政吉と番頭増太郎の繋がりだ。そもそも政吉が『松代屋』で言い掛かりをつけて金を脅し取ろうとしたことが真であったかどうか」

「わかりました。調べてみます」

「それから、政吉と寺男の平助、そして錺職人の京助がどういうつながりかを調べてもらいたい」

「畏まりました」

菊二は一礼して腰を浮かしかけたが、

「舞阪源三郎は」

と城之進が口にすると、再び座り直した。

「信用できそうな男であるな」

「はい。単なる酒呑みを装っていますが、実のところ、なかなかの人物と思われます。あのようなお方がなぜ浪々の身になったのか不思議でなりません」

「そうか。場合によってはその浪人の力を借りるのもやぶさかではない」

「はい」

菊二は頷いてから改めて立ち上がった。

ひとりになって、城之進は濡縁に出た。

月は暈《かさ》をかぶっていた。政吉の狙いがなぜつかめないのか。何者かを強請り、金を引き出させたのは間違いない。

捕縛の身の政吉は強請りの相手と交渉はできない。それを行なっていたのは寺男の平助か錺職人の京助であろう。

強請りとった金は京助に渡っている。裏で動き回っているのは京助かもしれない。政吉は藤兵衛夫婦殺しを持ち出して相手を脅していたのではないのか。

藤兵衛夫婦殺しの吟味に何ら間違いはないようだ。だとしたら、強請りのネタにはならない。

京助は別の事案で強請っていたのではないか。強請られていたほうは藤兵衛夫婦殺しで追い詰められたのではない。

城之進と政吉とのお白洲でのやりとりの裏で、京助が別の事案で何者かを強請っていたのだ。

その事案とは何か。塚田惣兵衛が扱ったものではないか。しかし、惣兵衛が扱った事案で、あとで問題になったものはあっただろうか。

捕まった者が頑として罪を認めず、拷問にまで至ったのは……。ふと、思いついたことがあった。拷問の最中に命を落としたという事案があったが、あれは確か、惣兵衛が扱ったものではなかったか。

しかし、この件が強請りのネタになるだろうか。拷問の最中に死んでも、役人は罪に問われないのだ。


翌朝、城之進はいつもより早く出仕し、例繰方《れいくりかた》与力の詰所に行った。

「これは望月さま」

例繰方の同心が出仕していたが、与力はまだだった。

例繰方は騒動の経過や処罰の内容を記録した御仕置裁許帳を整えて保管している。

「この半年の裁許帳を見せてもらいたい」

「はっ。どのような案件でございましょうか」

「いや、自分で探す。棚の場所を教えてもらえればよい」

「わかりました」

同心は立ち上がり、書付が保管されている棚の前に向かった。

「半年前ですと、ここからです」

「わかった。あとはやる」

「はっ」

かなりの量だ。城之進はその中から塚田惣兵衛が扱った拷問死の書付を探した。

やっと見つけ、文机の上に広げた。

騒動が起きたのは半年前、去年の十一月十日だ。

日本橋小舟町《こぶなちょう》に住む音曲《おんぎょく》の師匠のお峰《みね》が首を絞められて死んだ。下手人として捕まったのが神田佐久間町《さくまちょう》に住む小間物屋《こまものや》の清蔵という男だった。

お峰は清蔵から櫛《くし》や簪を買い求めていた。十日の夕方、清蔵はお峰の家を訪ね、かねてからお峰に気があった清蔵は部屋でふたりでいる間に、情欲が抑えきれなくなって襲いかかったものの手向かいされ、かっとなってお峰の首を絞めて殺したというものだった。

これに対し、清蔵は家を訪れて声をかけたが、返事がなかった。戸が少し開いていたので土間に入った。すると、奥の部屋で、ひとが寝ているようなので声をかけたが返事がなく、不審に思って部屋に上がってお峰が死んでいるのに気づいたという。

この清蔵の吟味をしたのが塚田惣兵衛だ。清蔵は捕縛された当初から罪を認めなかった。だが、惣兵衛は清蔵を拷問にかけたのだ。

そして、清蔵は拷問に耐えきれずに命を落とした。白状したわけではないが、清蔵は罪を認め処罰されたということになった。

この件が政吉と絡んでいるのかどうかわからないが、気になった。

書付を棚に戻してから、城之進は同心に声をかけて自分の部屋に戻った。

すると、塚田惣兵衛が近づいてきた。

「望月どの。政吉が藤兵衛夫婦殺しに関わっていないと認めたそうではないか」

「はい。認めました」

「そなたがわしのことを信じていれば、政吉ごときに攪乱されることはなかったのだ。以後、他人の仕事を疑うような真似はやめるのだ」

「恐れ入ります。私は政吉が何かの企みを……」

「待て。そんな話はいい。これ以上、政吉に振り回されるな。早いとこ、政吉を江戸払いとするのだ。何か起こしたときに改めて捕まえればよい。書付が整い次第、お奉行に申し渡しをしていただくためのお白洲を開く」

有無を言わさずに言い、惣兵衛は立ち上がった。

「塚田さま」

「なんだ？」

「いえ、失礼しました」

お峰殺しで捕まった清蔵が拷問で死んだことについて訊ねようとしたが、もう少し調べてからのほうがいいと思い直した。

「そちも今度の件では味噌をつけたな」

惣兵衛はくぐもった笑い声を残して去っていった。

そろそろ今日の詮議がはじまる刻限になっていた。

四

陽がだいぶ高くなっていた。木々の新緑が鮮《あざ》やかだ。その鮮やかな緑は源三郎にはやりきれない色だ。

このような季節に、源三郎は故郷を後にしたのだ。殿の勘気をこうむった源三郎は永の追放となった。

そのうち殿の怒りも治まり、帰参の知らせが届くと思っていたが、その様子もなく五年になろうとしていた。

苦い思いを振り払うように源三郎は八辻ヶ原を突き抜けて筋違橋を渡り、御成道に入った。

行き交うひとは多い。やはり、尾けてくる。毎日、ご苦労なことに長屋を張っているのだ。政吉の仲間とつなぎをとると思っているのだ。

源三郎は下谷広小路を抜けて、わざと上野山下に足を向けた。そして、正宝院門前町の角を浅草方面に折れた。

そして、正宝院の山門に身を隠した。やがて、遊び人ふうの男が駆けてきた。途中で立ち止まってきょろきょろしていた。

源三郎は出て行った。男は唖然としていた。

「俺に何か用か」

源三郎は呼びかける。

「……」

「誰に頼まれたのだ？」

「いえ、あっしはなんでも」

「とぼけなくてもいい。長屋を見張っていたことは知っているのだ」

「そんなんじゃないんです」

「じゃあ、なんなんだ？」

「……」

「答えられないのも無理はない。そなたの主人に告げておけ。俺はもう政吉の用心棒ではない。俺を尾けたって政吉の仲間はわからないとな」

「へえ、じゃあ」

男は軽く頭を下げ、浅草方面に逃げるように去って行った。

源三郎は男の姿が見えなくなってから上野山下のほうに戻った。

尾けてくる者がいないことを確かめて、不忍池に向かい、茅町に入った。

そして、長屋木戸を入り、一番奥の住まいの前に立った。

「ごめん」

源三郎は戸を開けた。

京助は台の前で体を曲げて簪を彫っていた。顔を上げようとせず、

「どちらさまで」

と、きいた。

「舞阪源三郎と申す」

「なんのようで？」

小槌《こづち》を使いながらきく。

「政吉のことで、いろいろききたいことがあってな」

「……」

京助は目が大きな四角い顔を上げた。

「政吉とは親しい付き合いなのか」

「いえ、そんなに親しい仲じゃありません。まだ、知り合ってから半年ぐらいですから」

敵は京助のことには気づいていないようだ。政吉の周辺を調べても、京助のことがわからなかったのだろう。親しい仲ではないというのはほんとうなのかもしれない。それなら、なぜ、金が京助に渡ったのだろうか。

「寺男の平助とはどうなんだ？」

「あの男ともあまり付き合いはありません」

「平助を介して政吉と繋がっているのではないのか」

「違います」

「政吉といっしょに何をしたのだ？」

「あっしは何もしちゃいません」

「金はどうした？」

「なんのことでしょうか」

「俺が受け取った金は平助からそなたに渡った」

「知りませんぜ。なんなら家捜しをしてもらっても構いません」

京助は目を見開いた。

「一石橋で政吉に送った合図は金を受け取ったことを知らせたのだ」

京助は眉根を寄せた。

「そなたたちが何をしようが俺には関わりない。俺はただ何が起こっているか知りたいのだ。なにしろ、政吉は何度か危ない目に遭っているのだからな」

「……………」

「奉行所の誰かを強請っているのではないかという見当はついている。奉行所を相手にするとはたいしたものだ。だが、なんでそこまでするのか、知りたい」

「政吉が解き放ちになったらきいてくださいな」

京助は突き放すように言った。

「わかった。そうしよう。だが、気をつけるのだ。敵はいつかそなたのことに気づくはずだ」

「覚悟しています」

「覚悟？」

「へえ」

京助は厳しい顔で頷いた。

「話してくれぬのか」

「舞阪さま。あっしらに関わらないほうがよろしいと思います。政吉だって、だからよけいなことを舞阪さまには話さなかったのでしょう。知れば……」

「知れば？」

「いえ。どうぞ、お引き取りを」

「わかった。だが、そなたの人柄を知ってますます隠していることが知りたくなった。俺は岩本町にいる。何かあったら知らせるのだ」

「へえ」

「邪魔した」

源三郎は京助の住まいを出た。

京助の言い分からは金を持っていないようだ。強請りとった金は京助からまた別の誰かに渡ったのだろうか。

つまり、まだ黒幕がいるということか。黒幕のことを考えながら、源三郎は岩本町に戻った。

大伝馬町の木綿問屋『松代屋』の店先に立った。

間口の広い土間と広々とした店座敷に何人もの客がいて、多くの奉公人が立ち働いていた。

菊二は並びにある別の木綿問屋に向かった。

こっちは『松代屋』より所帯は小さく、間口も半分ぐらいだ。菊二は暖簾をくぐった。

「いらっしゃいまし」

番頭らしき年配の男が近寄ってきた。

「すまねえ、客じゃねえんだ。あっしは南町の……」

あとは言葉を濁し、同心の手下のように匂わせ、

「先日殺された『松代屋』の増太郎って番頭のことで話を聞きたいのだ」

と、立て続けに言った。

「下手人は捕まったって聞きましたが」

「いや、じつは十分な証がなくて解き放ちになったんだ。それで最初《はな》から探索のやり直しだ」

「そうでございましたか」

「『松代屋』できくより、この店のほうがちゃんと話してくれると思ってな」

「そうでしょうね。奉公人はよけいなことを喋るなと言われているでしょうからね」

番頭は関心を寄せて、

「で、何を？」

と、声を潜《ひそ》めてきいた。

「増太郎とは親しく話すことはあったのか」

「はい、番頭同士ということでお付き合いはありました」

「どんな感じの男だえ」

「なかなかの遣《や》り手ですよ。通い番頭ですからね。いずれ、暖簾分けしてもらうようになったでしょう」

「じゃあ、『松代屋』の旦那の覚えがめでたかったのか」

「そうです。なにしろ自分より目上にはとても従順でしたから」

「下の者には？」

「威張りくさっていましたね」

番頭は顔をしかめ、

「だから、手代や小僧さんからは好かれていなかったようです」

「女の方は？」

「どうでしょうか。あまり、女癖はよくなかったようです」

「何か知っているのか」

「ええ、客にちょっかいをかけたりしていたそうです。一度、うちに来られた女のお客さまが仰っていました。『松代屋』の増太郎って番頭に言い寄られたって」

「そうか。増太郎を恨んでいる者はいないのか」

「さあ、そこまではわかりません。でも、好かれてはいなくても、殺したいほど恨んでいる者はいないと思いますが」

「そうか」

菊二は少し考えてから、

「『松代屋』で増太郎が客ともめたということはなかったのか」

「言い掛かりをつけて金を脅し取ろうとした男を増太郎さんがたしなめたことがあ

ったそうです。確か、そのときの男が増太郎さんを殺したって聞いていましたけど」

「その男は違ったらしいのだ」

「そうですかえ」

「女癖がよくないということだったが、ひとのおかみさんに手を出して亭主と一悶《ひともん》着《ちゃく》あったとか、ひとりの女を誰かと争ったとか、そのような話を聞いたことは？」

「いえ」

「そうか、すまねえ、忙しいところを」

「いえ」

菊二は土間を出た。

もう一軒別の木綿問屋に行き、そこの番頭にも同じことをきいた。

やはり、増太郎について同じような答えが返ってきた。

政吉と増太郎の間で、何かあったのではないか。菊二はそんな気がしてきた。

それから、菊二は橘町三丁目の普請場《ふしんば》にいる大工の平太を訪ねた。

家はだいぶできていた。左官屋が壁を塗っていた。

棟梁《とうりよう》らしい男に平太に会いたいと告げ、午《ひる》の休みまで待つと言ったが、いま手が空《す》いているはずだからと、若い男に呼びにいかせた。

しばらくして二十七、八の男がやってきた。

「平太さんだね」

菊二は声をかける。

「へえ」

「あっしは八丁堀の……」

また曖昧《あいまい》な言い方で同心の手先と匂わせて、

「『松代屋』の番頭増太郎が殺された夜のことで」

と、切り出した。

「なんで、また今になって」

平太は顔をしかめた。

「すまねえ、ちょっと確かめたいことができてね。この普請場から長屋に帰る途中、浜町堀で政吉を見かけたんだね」

「そうだが」

「大番屋では政吉は手に刃物を持っているようなことを言っていたが、吟味では何も持っていなかったと答えているが」

「吟味のときも言ったが、大番屋では同心に言われてそう答えたんだ」

「そうだってな」

菊二は頷いてから、

「でも、どうして同心にはっきり言わなかったんだ？」

「どうせ下手人だから、どっちでも同じだろうと思った。だから、あえて言うこともないと思ったんだ。もういいかえ」

「もうひとつ。おまえさん、政吉のことを知っていたのかえ」

「いや、知らない」

「じゃあ、浜町堀ではじめて会ったというわけだな」

「そうだ」

「顔を見たのか」

菊二は確かめる。

「ひと目だけ」

「暗がりで、ひと目見ただけでよく顔を覚えていたな」

「鷲鼻で頬骨が突き出ている顔をよく覚えてたからだ。もういいかえ」

平太は離れようとした。

「待ってくれ」

菊二は引き止め、

「増太郎を知っていたかえ」

「知らない」

「じゃあ……」

「すまねえ、早く仕事にかかりてえんだ」

平太は持ち場に戻って行った。

棟梁に挨拶をして、菊二は普請場をあとにした。

それから四半刻（三十分）後、菊二は妻恋町の伊兵衛店に行った。政吉の家の前に立っていると、隣から三十年配のかみさんが出てきた。先日、会った女とは別人だった。

「政吉さん、留守《るす》ですかえ」

菊二はとぼけてきいた。

「おまえさん、知らないのかえ」

「へえ。しばらく江戸を離れていたので」

「そう。政吉さんはしばらく帰ってこないよ」

「じゃあ、あの噂はほんとうだったんですか。小伝馬町の牢屋敷にいるっていうのは」

「そうさ。政吉さんがあんな恐ろしいことをするなんて考えられないんだけどね」

かみさんは顔を曇らせた。

「京助って男が政吉さんに会いに来ていたと思うんですが」

「京助？」

「三十過ぎの小肥りの男です」

「さあ、知らないわ」

「平助って男は？」

「あまり訪ねてくるひとはいなかったようよ」

「政吉さん、女のほうはどうだったんですか」

「ときたま朝帰りをしているけど。遊んできているんですよ」

「岡場所？」

「そうですよ」

「どこで遊んでいるのかわかりますか」

「いちどきいたことがあるけど、深川だと言ってました。深川のどこかまでは知りませんけど」

「ご亭主はきいていませんかね」

「さあ」

「きいておいていただけませんか。また来ますので」

「いいけど。でも、おまえさんはなぜそんなことを？」

「いえ。ちょっと」

番頭の増太郎と同じ店に通い、同じ妓をとりあっていたのではないか。そんな気がしたのだ。

妻恋町を出てから、菊二は茅町の京助の長屋に向かった。

先日、長屋木戸の前で、源三郎と出くわしたことを思い出しながら木戸を入って奥に向かう。

京助の住まいの戸を開け、

「ごめんください」

と、声をかける。

だが、部屋には誰もいなかった。仕事をもらっている小間物屋に品物を納めに行ったのか、しばらく待ったが、菊二は諦めて引き上げた。

夕方、菊二は岩本町の居酒屋に行った。

小上がりのいつもの場所で、源三郎が酒を呑んでいた。菊二はその前に腰を下ろした。

「さっき、京助のところに行ってきましたが、留守でした」

菊二は言い、小女に酒を頼んだ。

「そなたはずるいぞ」

いきなり、源三郎が言った。

「何がですかえ」

「なぜ、そなたが京助に目をつけたのか、そのわけをまだ聞いていない。俺のほうは話したのに」

源三郎は詰るように言ったが、別に怒っているようではなかった。

「すみません。ですから、今お話しにきました」

「そうか。では、話せ」

「へい」

酒が運ばれてきて、一口呑んでから、

「政吉が藤兵衛夫婦殺しは自分がやったと訴え出たって話をしましたね。その際、その証として、ホトケの傷の様子とかその場にいた者でなければわからないことを口にしたのです。どうして、政吉はそのことを知っていたのか。京助から聞いたのです」

湯呑みを口に運びながら、源三郎は聞いている。

「京助は野菜売りの伊佐吉から。伊佐吉は料理屋『たちばな』のお孝という女中から聞いたんです」

「なぜ、お孝がそんなことを知っていたんだ?」

「藤兵衛夫婦殺しの源次はお孝に入れ揚げていたそうです。その源次のことを調べるために同心の小浜鉄太郎がお孝に話を聞きにいった際、ホトケの傷のことを話したそうです」

「京助は政吉とそれほど親しくないと言っていたが……」

「そんなはずはありませんぜ。政吉、寺男の平助、それに京助はつるんでます。よほどの強い絆《きずな》で結ばれてなきゃ、奉行所の誰かを強請るような大胆なことはできませんぜ」

菊二は間を置き、

「ただ、政吉たちが誰をなんのネタで強請っているのかがわかりません。はじめはそれこそ藤兵衛夫婦殺しのことだと思ってましたが……」

「強請りをしているのは金が政吉に渡っていることからして間違いない。それに、政吉を殺そうとしている者がいることも真だ」

源三郎は言ったあとで、

「まだ、そなたの背後にいる人物のことは教えてもらえぬのか」

「そのお方も、舞阪さまのことを気にしておられました。いずれ、お会いするつもりのようです」

「そうか。しかし、会うと面倒なことに巻き込まれそうだ。俺は遠慮しておく」

菊二は唖然として源三郎の顔を見た。

「なんだ、何かついているか」

源三郎は顔に手をやる。

「舞阪さまは不思議なお方だと思いまして」

「なぜだ？」

「ふつうならあっしのことをもっと探ろうとするんじゃないかと思うんですが。そんな気振《けぶ》りはありません」

「そなたの主人に会うと何か頼まれそうだ。俺はさっきも言ったとおり、面倒なことに巻き込まれたくないだけだ」

そう言い、源三郎は湯呑みを口に運んだ。

「政吉たちの企みを知りたくないのですか」

「俺は俺で調べる」

「舞阪さまはなぜ、いつもこの店で呑んでいるのですか」

「………」

「何かあるのですね」

「長屋に近い。それだけだ」

源三郎の顔つきが翳った。この店に何かあるのか。そういえば、この店の名は『くわな』。この店の亭主は桑名《くわな》の出だろうか。源三郎も桑名の……。

源三郎の愁いを帯びた表情を見ながら、菊二は源三郎も桑名の出なのかもしれないと思った。

五

夕方に奉行所から八丁堀の屋敷に戻った城之進はおゆみの手伝いで着替えてから屋敷を出た。

江戸橋を渡り、伊勢町《いせちょう》堀《ぼり》沿いの日本橋小舟町にやってきた。自身番に顔を出し、殺されたお峰の家を教わった。

半年前のことであり、すでに家には別人が住んでいた。

城之進は近所の酒屋に入った。

「つかぬことを訊ねる」

城之進は酒屋の亭主らしき男に声をかけた。

「去年の十一月、近くにお峰という女が住んでいたな」

「お峰さんですか。ええ……」

亭主は戸惑いぎみに答える。

「お峰は音曲の師匠だったそうだな」

「はい。さようで。まさか、あんなことになるなんて驚きました」

亭主は厳しい顔をした。

「弟子《でし》はたくさんいたのか」

「ええ、一年ぐらい前までは」

「何かあったのか」

「じつは私も俗曲を習いに行ってました」

「弟子だったか」

「はい、一昨年《おととし》までは。でも、そのうち師匠に間夫《まぶ》がいるらしいとわかってから、男の弟子はひとり去り、ふたり去り、私もついにやめました」

亭主は苦い顔をして言う。

「みな師匠目当てだったのか」

「色っぽいいい女でしたからね。ものにできるとは本気で思ってなくても、心は浮き立ったものです。でも、間夫がいると知ってから、興ざめしまして」

「間夫は誰か知っていたのか」

「いえ、師匠のところを訪れるときは、頭巾で顔を隠していましたから誰か知りませんでした。でも、ほとんどの弟子がいなくなったあと、たまたま家に入って行く間夫を見かけたんです。そのときは、頭巾をかぶっていませんでした」

「間夫は誰だ？」

「『松代屋』の番頭です」

「『松代屋』の番頭とは増太郎か」

「そうです。それまでいつも頭巾をかぶって用心していたのでしょうが、弟子がいなくなったから油断したのか、もう隠す必要はないと考えたのか」

「増太郎は弟子なのか」

「いえ、弟子じゃありません。師匠は『松代屋』に買い物に行ってましたから、それが縁ではないでしょうか」

「なるほど」

「でも、その増太郎も死んでしまったんですね。師匠と間夫が死んでしまうなんて、何かの因縁《いんねん》でしょうか」

「因縁か……」

城之進は呟き、

「ところで、小間物屋の清蔵を知っているか」

と、きいた。

「ときたま師匠のところにやってきていました」

「清蔵は弟子ではないのだな」

「違います。商売です」

「清蔵がお峰を殺したと思うか」

「あのおとなしそうな男が師匠を殺したなんて信じられませんでした。あんな真面目そうな男も師匠の色香に狂ってしまったんでしょう」

「色香に狂う？」

「あの師匠、男の弟子には色目を使って気を持たせるようなことを言うんです。私もそうですが、男はばかですね、その気になって。だから、間夫がいたと知って、皆裏切られたと思って弟子をやめていったのです」

「清蔵は本気になったと？」

「はい。ところが案外のことに冷たかった。それで、かっとなったんだと思いました」

「取調べでもそう話したのか」

「はい」

「政吉という男を知っているか」

「政吉ですか。いえ」

「弟子にもいなかったか」

「おりません」

「そうか。ところで、お峰はひとり暮しだったのか」

「お梅《うめ》という住み込みの婆さんがいました」

「お梅は今はどこに？」

「師匠が死んだので、娘の嫁ぎ先に引き取られていきました」

「場所はわからぬか」

「わかりません」

「そうか。すまなかった」

城之進が礼を言って引き上げようとした。そのとき、亭主が、

「お侍さま。もしかしたら、吟味与力の望月さまでは？」

と、きいた。

「うむ」

「やはり、そうでございましたか。以前、町内の揉め事を見事に裁いていただきました」

「そんなことがあったたか」

そう言い、城之進は帰途についた。

屋敷に帰り、遅い夕餉をとって部屋に落ち着いたとき、菊二がやってきた。

「さっきはお出かけだというので出直してきました」

菊二が向かいに座って言う。

「じつはあることを調べに行ってきた。その前に、そなたの話を聞こう」

「はい。まず『松代屋』の番頭増太郎ですが、同業の木綿問屋の番頭の話だと、増太郎はあまり下の者からは好かれていなかったと言います。それから、女癖はよくなかったようで、客にちょっかいをかけたりしていたようです」

「うむ」

城之進は頷きながら聞いた。

「それから、政吉を見たという大工の平太ですが、どうも無愛想《ぶあいそう》で。いろいろきかれるのがいやな様子でした。取調べで話したことを繰り返していました」

「そうか」

「政吉のことを調べたのですが、錺職人の京助との繋がりはつかめませんでした。長屋の住人は京助らしい男が訪ねてきたことはないと」

「深い結びつきがあるように思えるが……」

城之進は首をひねった。

「それから政吉の女についてはよくわからなかったのですが、深川の岡場所によく行っていたようです。深川のどこかはわかりませんでした」

「そうか、ごくろうだった」

城之進はねぎらってから、

「じつは、強請りのネタになるような、塚田さまが扱った事案であとで問題になったものはなかったか探してみた」

「あったのですか」

「いや、それはなかったが、拷問の最中に下手人が死亡したという事案があった。半年前、去年の十一月十日だ。日本橋小舟町に住む音曲の師匠のお峰が首を絞められて死んだ。下手人として捕まったのが神田佐久間町に住む小間物屋の清蔵という男だ」

城之進は清蔵が捕まった経緯を話してから、

「ところが、とんでもないことがわかった」

と、もったいぶったように言って続けた。

「お峰の間夫が増太郎だったのだ」

「ほんとうですか」

菊二は驚いたように目を見開いた。

「近所の酒屋の亭主がお峰の家に忍んでいく増太郎を見ていた。ただ、政吉と増太郎の件にお峰のことが絡んでいるかどうかはまだわからない」

「でも、単なる偶然ではないような気がします」

「気になるのは、お峰殺しの下手人の清蔵は罪を認めず、拷問の最中に死んでいるのだ。これが捕り違い、吟味違いだったら……」

「清蔵が下手人ではないということですね」

「下手人は増太郎ということも考えられる。別れ話のもつれで、増太郎がお峰の首を絞めて殺した。そのあとに清蔵がやってきたということだ。清蔵はお峰はすでに死んでいたと訴えていた」

城之進はあることを考えた。

「増太郎殺しで、政吉は増太郎を殴っただけであとから来た者が殺したと言ったが、藤兵衛夫婦殺しの訴えでは、源次が逃げたあとに押し入って夫婦を殺したのだと言い募った。そして、それは嘘だったとあとから認めた。もしかしたら、清蔵の件を匂わせたのかもしれない」

あとは、と城之進は続けた。

「政吉と清蔵のつながりだ。もし、ふたりが親しい仲であれば、清蔵を死に追い込んだ塚田惣兵衛に恨みを晴らそうとしたことも十分に考えられる」

「わかりました。清蔵のことを調べてみます」

「そうしてもらおう。俺は明日、『松代屋』の主人に会って、増太郎のことを聞き出す」

そう言ったあと、

「だが、まだ真相にはほど遠い。政吉の解き放ちが先になりそうだ。舞阪源三郎どのに政吉の用心棒を続けるように頼んでおくのだ」

「わかりました」

菊二が引き上げたあと、城之進は何か見落としていることはないか。改めて政吉の動きを頭の中で追ってみた。

すると、あることに気がついた。お峰殺しが増太郎の仕業だとしたら清蔵は増太郎の身代わりになったことになる。政吉は清蔵の敵《かたき》討ちをしたのではなかったか。

最初の捕縛通り、政吉は増太郎を殺していた……。そのことに間違いないような気がしたが、政吉と清蔵の関わりはまだ摑めていなかった。

翌日の夕方、いったん奉行所から帰った城之進はきょうもすぐ屋敷を出て、大伝馬町の『松代屋』に赴《おもむ》いた。

間口の広い戸口に立ち、近くにいた手代らしい男に声をかけた。

「南町の望月城之進が参ったと、主人に取り次いでもらいたい」

「南町の望月さままで。少々お待ちください」

手代は急いで奥に向かった。

客で立て込んだ店では大勢の奉公人が忙しそうに立ち働いていた。

しばらくして、手代が戻ってきた。

「どうぞ、こちらから」

店座敷の隅から上がり、手代に庭の見える部屋に案内された。

「こちらでお待ちくださいませ。すぐ主人は参ります」

手代が去ったあと。大柄な男がやってきた。目尻が下がり、下膨《しもぶく》れの温和そうな顔だちだが、眼光は鋭い。

「主人の八左衛門《はちざえもん》にございます」

男は丁寧に挨拶をした。

「南町与力の望月城之進でござる」

「赤井十右衛門さまとはよくお目にかかっております」

八左衛門は笑みを湛えながら、

「して、ご用件は？」

と、きいた。

「じつは私は番頭の増太郎を殺した疑いで捕まった政吉という男の詮議をしております。そこで出てきたのが小舟町の音曲の師匠お峰が殺された騒動」

「……………」

八左衛門は眉根を寄せた。

「お峰に間夫がいたとか。その間夫が番頭の増太郎であったということですが」

「そのような噂があったことは耳にしましたが、そんなことはあり得ません」

八左衛門は否定した。

「お峰と増太郎は関わりがないと？」

「はい。と、申しますのも増太郎は今年の一月までここに住み込んでおりました。

番頭として商売に精を出しており、朝早くから夜遅くまで働いており、女のところに通う暇などあろうはずはありません」

「すると、増太郎を見たという証言は誤りだと？」

「はい。似たような男を見て、そう思ったのでございましょう」

「お峰は『松代屋』に客としてきていたようです。八左衛門どのはお峰に会ったことはありますか」

「見かけたことはございます」

「そうですか」

城之進は八左衛門の顔色を窺いながら、

「政吉という男が増太郎ともめたそうですが、ご存じですか」

「はい。品物に言い掛かりをつけて金を脅し取ろうとしたのを、増太郎が撥ねつけたのです。そのときのことを逆恨みして、政吉が増太郎を待ち伏せして殺したのです」

「政吉はそれだけのことで殺しはしない。殴っただけだと言い張っていた。つまり、下手人は他にいると」

「それはいかにも苦しい言い訳。増太郎は他人から恨まれるような男ではありません」

「しかし、目上の者には腰が低いが、目下には厳しいと聞いたが……」

「手代や小僧に厳しいのは早く仕事を覚え、一人前になってもらいたかったからでしょう」

「仕事以外で横暴な面はなかったのか」

「増太郎はそのような男ではありません」

八左衛門は堂々と増太郎をかばうように言う。

「すると、八左衛門どのから見ると、増太郎はどのような男だと？」

「仕事一筋、『松代屋』のためにそれこそ身を粉《こ》にして働いてくれました。ですから、通い番頭になり、ゆくゆくは暖簾分けをしてやるつもりでした」

「ずいぶん買っていたようだな」

「はい。ですから殺されたことに深い憤《いきどお》りとともに悲しみが……」

八左衛門は顔を伏せた。

「ところで、念のために訊ねるのだが、去年の十一月十日夕刻、増太郎がどこにいたか、わかるか」

「十一月十日夕刻ですか。さあ、半年前のことは覚えておりませんが、当然、店にいたはずです」

「どこかに使いに行ったとか。たとえば得意先に出かけたか八左衛門どのが何かの使いを頼んだとか」

「さあ、半年前のことは覚えていません」

「たとえば得意先に行ったのであれば、品物を届けるためということも考えられる。品物を納めたのであれば、その記録がどこかに。あるいは、別の用であっても何か……」

「お待ちください」

八左衛門が手を上げて制した。

「いったい、なんのためにそのようなことが必要なのですか」

「あくまでも念のためでござる。一番番頭が出かけていくからにはどこに行ったのかを書き記した物があるのではないかと思ったので。面倒とは思うが、調べておいてもらえるか」

「………」

八左衛門は眉根を寄せて考え込んでいたが、

「調べるだけは調べましょう」

と、不快そうに言った。

城之進は『松代屋』を辞去した。

外はもう暗くなっていた。

第四章　裁き

一

朝からどんよりした空で、辺りは薄暗かった。前回もこのような空模様だった。菊二は舞阪源三郎とともに、南町奉行所の近くに身を隠して、門に目を向けていた。

奉行所から下男に縄尻をとられた政吉が出てきた。迎えに来ていた大家とともに跪《ひざまず》き、同心が読みあげる申し渡しを聞いている。

江戸払いだ。品川《しながわ》、板橋、千住《せんじゅ》、本所《ほんじょ》、深川、四谷大木戸《よつやおおきど》以内に住むことはできず、それ以外の土地に追放される。

やがて、政吉は腰縄を外され、大家とともに数寄屋橋御門のほうに向かった。あとを尾けて行く者がいないかを確かめるために、源三郎と菊二は十分に間をとった。

ふたりが数寄屋橋を渡り切ったあと、案の定、小者ふうの男が御門の陰から現われ、政吉のあとを尾けはじめた。

ふたりはお濠沿いを一石橋のほうに向かった。小者ふうの男は軽快な足捌きで尾けていく。

「あの男、侍かもしれぬ」

源三郎が呟く。

「侍？」

菊二が驚いたようにきき返す。

「足の運びだ。かなり剣の心得があるようだ」

「あっ」

菊二が声を上げた。

「どうした？」

「大番屋に押し入って政吉を殺そうとした男です」

「そうか。やはり、奉行所の者だったか」

源三郎は口元を歪め、

「どこぞで襲うつもりか、いや」

と、自分で否定した。

「襲うなら江戸を出てからのほうが、始末しても隠せる。おそらく、政吉が仲間のところに行くと睨んでいるのだ」

「京助も始末するつもりですかね」

「そうだろう。あと、平助もだ。その三人がいる限り、安心できぬというわけだ」

ふたりは須田町から八辻ヶ原を突っ切って筋違御門を抜け、明神下から妻恋坂を上がった。

政吉と大家はそのまま妻恋町の長屋に戻るようだ。

いったん落ち着いてから改めて出かけるのかもしれない。ふたりは長屋木戸を入って行き、尾けている男は木戸の前で立ち止まった。

源三郎と菊二は煮売り屋の脇に身を隠して、長屋木戸を見守った。

「どうします、あの男をとっつかまえますかえ」

菊二がきいた。

「いいだろう。だが、ここでは人通りが多すぎる。さわぎになれば通る者を巻き添えにしかねない。なにしろ、奴は簡単には捕まえられぬ」

源三郎は続ける。

「政吉が動けば、奴も動く。その途中で、捕まえよう」

「わかりやした」

それから四半刻（三十分）経ったが、政吉に動きはなく、尾けている男も長屋木戸を見通せる場所で待っている。

すぐにでも京助のもとに行くかと思ったが、政吉は落ち着いている。

奪った金を分けるはずだ。政吉は分け前を懐に入れ、江戸を離れるつもりだろう。

「そなたは京助のところで見張っていたほうがいい。もしかしたら、京助のほうが政吉に会いにくるかもしれぬ」

「そうですね。わかりました。あっしは京助のところに行ってみます」

菊二は茅町に向かった。

さらに四半刻近く経ったが、政吉に動きはないようだ。

ふいに尾けていた男が動いた。木戸に駆け込んだ。そのまま、男も戻ってこない。なにかあったのかと、源三郎は木戸口に向かった。

路地に目をやる。人影はない。源三郎は路地を入り、政吉の住まいの前に立った。

そして、戸を開けた。

中に誰もいなかった。

源三郎は路地に出て、さらに奥に行った。稲荷の祠の脇から裏通りに出られる。

源三郎は思わずため息をもらした。

政吉はここから出て行ったのだ。尾けていた男は途中で気づき、路地に飛び込んだが、政吉はとうにいなかった。

政吉は京助のところに行ったのだ。尾けていた男も裏通りに出てあとを追ったが、すでに政吉の姿はなかったはずだ。

源三郎は妻恋坂を下り、茅町に急いだ。

京助の長屋にやって来ると、菊二が現われた。

「政吉は？」

「まだ、現われません。京助は自分の家で仕事をしています」

「おかしいな」

「どうしたんですか」

「政吉は裏から出ていったんだ」

源三郎は経緯を話した。

「政吉は賊が尾けてくることを考えていたんですね」

「いや、俺たちだ」

「えっ？」

「俺が尾けることがわかっていたんだ」

源三郎は無念そうに言う。

「どうしてですかえ。舞阪さまは味方じゃありませんか」

「俺にも知られたくないところに行ったとしか考えられぬ」

「………」

「黒幕だ。京助は奪った金を持っていないようだった。その金は黒幕に渡ったのだ。政吉は黒幕から分け前を手に入れようとしたに違いない」

「京助を問い詰めてみますかえ」

「何も話すまい」

「でも、このままでは」

「よし、行ってみるか」

源三郎も承知をし、ふたりで長屋木戸を入った。

「ごめんよ」

菊二が戸を開けた。

「すまない。ちょっと邪魔をする」

ふたりは土間に入った。

「なんですね」

台から顔を上げ、京助は咎めるような目を向けた。

「政吉は江戸払いとなって解き放たれた」

菊二が口にする。

「あっしには関わりのない話で」

「政吉は長屋から消えた。どこに行ったか教えてもらいたい」

源三郎が口をはさむ。

「あっしは知りません」

「そなたは強請りとった金を何者かに渡したはずだ。政吉はその者のところに行ったのだ。その者の名を教えてもらいたい」

源三郎は迫る。

「政吉なんて知りません」

「京助さん、棒手振りの伊佐吉さんをご存じですね。ここまで野菜を売りにきている。知らないはずはありませんよね」

菊二が京助の顔を覗き込む。

「それがどうかしましたか」

「伊佐吉さんは、あなたに金貸し藤兵衛夫婦がどのような様子で倒れていたかを話したと言ってました。そのことを、あなたは政吉さんに教えたのではありませんか」

「どうして、そんなことをしなきゃならないんですか」

「あなたが政吉さんの仲間だからですよ」

「なんの仲間だと言うんですか」

「奉行所の誰かを強請っていたんじゃないですか」

「そんなことしていません」

京助はあくまでも白《しら》を切った。

「政吉さんとはどのような知り合いなんですか」

「どこかで顔を合わせ、言葉を交わした程度です。どこで出会ったかも覚えていません。その程度です」

「天正寺の寺男の平助とはどうなんだ？」

源三郎は横合いからきいた。

「この前もお話ししましたが、あまり付き合いはありません」

「俺は政吉に頼まれ、ある侍から受け取った金を平助に渡した。その金を平助は湯島天満宮の男坂でそなたに渡した。そなたは知らないと言うが、この目がしっかり見ている」

「確かに、たまたま湯島天満宮で平助さんとばったり会いました。でも、金なんて受け取っていません」

京助は頑《かたく》なだった。

「そうか。これ以上、きいても何も答えてくれなそうだ」

源三郎は苦笑したあと、

「ところで、政吉はこれから江戸を離れる。敵にとっては好都合だ。こっそり始末できるからな。そなたたちはそれでも何とも思わないのか。政吉を助けようとは思わないのか」

と、強い口調で迫った。

「あっしには政吉さんの無事を祈ることしかできません」

京助は厳しい顔で言った。

「俺たちの負けだ」

源三郎は自嘲ぎみに呟き、

「それにしても不思議だ」

と、口にした。

「なぜ、そなたは政吉を冷たく突き放せるのだ。『松代屋』の番頭殺しの取調べのとき、政吉は吟味与力に藤兵衛夫婦殺しを自訴した。その間、そなたは奉行所の誰かを強請っていた。奉行所の中と外での繋がりはまことに鮮やかと言う他はない」

「私たちは何もしていません」

「いや、している。それほどの仲なのになぜ、そんなに突き放せるのか。答えはひとつだ」

「…………」

京助は無言で源三郎を見返す。

「もうひとり黒幕がいるのだ。その黒幕を中心に、そなたと政吉、そして寺男の平助の三人が結びついていたのだ。違うか」

「黒幕だなんて言われても、さっぱりわかりません」

「そなたはその黒幕に金を渡したのだ。江戸払いとなった政吉は、その黒幕から金を受け取り、江戸を離れるつもりだろう」

「考え過ぎです」

「そうか。考え過ぎか。証もないし、あくまでも見当でしかない。引き上げよう」

源三郎は菊二に言う。

「京助さん。仕事の邪魔をして申し訳ございませんでした」

菊二は挨拶をして引き上げようとしたが、何を思い出したのか、立ち止まった。

「ご存じないとは思いますが、政吉さんのことでもし知っていたら教えてもらいたいのですが」

菊二は問いかけた。

「小舟町にお峰という音曲の師匠が住んでいました。去年の十一月十日夕刻、お峰が殺されました。下手人として捕まったのが小間物屋の清蔵という男です」

「……」

京助は口を半開きにした。

「清蔵は罪を認めないまま拷問にかけられて死んでしまいました。政吉さんはこの清蔵かお峰と親しかったかどうか……」

「私が知るわけありません」

京助の声が微かに震えを帯びているような気がした。

源三郎は菊二に、

「引き上げよう」

と、声をかけて戸口に向かった。

外に出ると、菊二がついてきた。

「今の話はなんだ？」

長屋木戸を出てから、源三郎はきいた。

「へえ、音曲の師匠が首を絞められて殺されたのです。小間物屋の清蔵は訪ねたときすでに死んでいたと訴えたのですが、下手人にされました」

菊二はその騒動のあらましを語り、

「その音曲の師匠の間夫が『松代屋』の番頭なんです」

「そうか」

源三郎は頷いてから、

「京助の顔色が変わったのを見たか」

と、きいた。

「ええ。何か知っているんでしょうか」

「心当たりがあるようだった。もしかしたら、清蔵って男と政吉は知り合いかもしれぬ。京助はそのことを知っている」

源三郎は間違いないと思った。

「清蔵のことを調べてみたほうがいいかもしれぬ」

「そうですね。わかりました。調べてみます」

「それにしても、そなたはなぜその騒動のことを知っているのだ？」

源三郎はきいた。

「そろそろ、そなたの主人の正体を明かしてもよかろう」

「へい」

「もったいぶらなくていい。ひょっとして、吟味与力ではないか」

「どうしてそれを」

「やはりな」

源三郎は含み笑いをし、

「奉行所の手先だと思っていたが、定町廻りではない。岡っ引きの手下とも思えぬ。そなたの話を聞くと、吟味での話がよく出てきた」

「恐れいります。じつはあっしは南町吟味与力の望月城之進さまの手先として働いています」

「望月城之進どのか」

「はい。舞阪さまと同じぐらいの年齢でございます。若いながら、弱者によりそうお方でございます」

「もういい。それ以上きいても仕方がない」

「どうしてですか。望月さまは一度舞阪さまにお会いしたいと……」

「会わないほうがいい。俺はこれから妻恋町に戻る。政吉が戻っているかもしれぬからな」

何か言いたそうな菊二と別れ、源三郎は湯島天満宮のほうに足を向けた。

四半刻後に、源三郎は妻恋町の政吉の長屋にやってきたが、政吉は帰っていなかった。

木戸の脇に住む大家に会い、政吉のことをきいた。

「旅支度を整え、さっき出かけました。もう、ここには戻ってこないでしょう」

「このまま江戸を離れると？」

「そう言ってました」

「江戸を離れる前にどこかに寄るということはないか。親しいひとはおらぬのか」

「身内はいませんでしたから。仮にいたとしても、迷惑をかけないようにこっそり江戸を離れていくと思います」

「誰か思いつかぬか」

「しいていえば……」

大家は首をひねり、

「鋳掛《いか》け屋の師匠の又蔵《またぞう》という男が橋場《はしば》にいると聞いたことがあります。政吉にとっては恩人だと言っていたので、もしかしたら又蔵には挨拶をしにいくかもしれませんが」

「わかった」

手掛かりは橋場にいるかもしれない又蔵だけだ。

源三郎は橋場に急いだ。

二

翌日、出仕すると、城之進はすぐ赤井十右衛門に呼ばれた。

「赤井さま。お呼びで」

「三日前、例繰方与力の詰所で何かを調べていたそうではないか」

十右衛門は厳しい顔つきできいた。例繰方の同心が誰かに告げ、そこから十右衛門の耳に入ったのか。

「何を調べているのだ？」

「取調べのとき、政吉が小舟町で起きた音曲の師匠殺しのことを口にしていましたので、念のためにどのような事件だったかを調べようと思いまして」

城之進は用心深く答える。

「それで『松代屋』に行ったのか」

「主人の八左衛門どのが赤井さまに？」

なぜ、それだけのことで告げ口をするのかと、かえって不思議に思った。

「そうだ。今さら、番頭の不名誉なことに触れられるのは気分がよくないと言っていた」

「決してそのようなつもりで行ったのではありません」

「その騒動は塚田惣兵衛の吟味だ。金貸し藤兵衛の件といい、まるでそなたは塚田惣兵衛が扱った裁きの粗《あら》を探そうとしているかのようだ」

「違います。殺された音曲の師匠の間夫が『松代屋』の番頭だったという話があり、八左衛門どのに話を聞きに行ったのです」

「どうだったのだ？」

「関わりは一切ないと言われました」

「なら、もう『松代屋』は関わりがないのだな」

「はい」

「なら、『松代屋』には勝手に行くな。わしの立場がなくなる」

「……………」

八左衛門から多くの付け届けがあるのだろう。しかし、それによって真実を歪められたり、何かを隠蔽されたりするのは許されることではない。

「赤井さま。八左衛門は関わりがないと言っておりますが、音曲の師匠の家に番頭の増太郎が訪れていたのを見ていた者がいるのです。この辺りに、政吉が増太郎を殺した理由《わけ》があるのではないかと」

「待て」

十右衛門は城之進の言葉を制止する。

「政吉は江戸払いとなったのだ。これ以上、政吉を調べることはない」

「いえ、番頭殺しはやはり政吉に違いないと思います。そこには音曲の師匠殺しが絡んでいるに違いありません」

「そなたは吟味与力ぞ。定町廻りの役目への越権ではないか」

「……………」

「よいか。政吉の件はこれで仕舞いにするのだ」

「お言葉ではございますが、それでは番頭殺しは下手人を捕まえられないままということになってしまいます」

「木下兵庫にもう一度調べさせればよい」

「政吉に目を向けない調べでは、下手人の捕り違いが起きないとも限りません」

「そなたの取調べで、政吉は番頭殺しはやっていないということがわかったのではないのか。今さら、政吉が下手人だとどの面《つら》下げて言えるのだ」

十右衛門はあくまでも政吉に手を触れさせないようにしている。十右衛門は何かを守ろうとしている。何を守ろうとしているのか。

これ以上は話し合っても無駄だと思い、城之進は折れた。

「わかりました。以後、気をつけます」

「うむ」

十右衛門は鋭い目で城之進を睨みつけていた。

夕方、屋敷に戻ると、菊二が待っていた。

昨夜、屋敷にやってきたとき、音曲の師匠殺しで清蔵が捕まった騒動を口にしたとき、京助が顔色を変えたといい、今朝から清蔵のことを調べていたのだ。

「神田佐久間町に清蔵のかみさんと三歳になる娘が暮らしていました。清蔵が亡くなったあと、母娘《おやこ》ふたりで暮らしていました」

菊二は話したあと、

「かみさんのお信《のぶ》は後添いだそうです。娘は清蔵と前妻との子ですが、お信は娘を可愛がっているようです」

「暮し向きは?」

「お信は仕立てを生業《なりわい》にしていますが、かなり苦しいようでした」

「清蔵はどんな男だったのだ?」

「生真面目な男だったそうです。前のかみさんは産後の肥立《ひだ》ちが悪く、亡くなってしまったそうです。そのあと、男手ひとつで娘を育ててきましたが、二年前にお信と所帯を持って、仕合わせに暮らしていたそうです」

「そんなときに、あんな騒動が起きたのか」

「はい。長屋の者もみな、清蔵がひと殺しなどするはずがないと思い、木下さまにも訴えたそうです。でも、聞き入れてもらえなかったと」

「清蔵のかみさんには会ってきたのか」

「はい。でも、何も答えてくれません。だから、周りの者から事情を聞いてきただけです。あっしを岡っ引きの手下だと思ったのかもしれません。奉行所にはかなりの不信を抱いているようです」

「そうであろうな」

城之進は頷いてから、

「よし。俺が会おう」

「えっ、城之進さまが」

「そうだ。ききたいことがある。案内してくれ」

「はっ」

城之進はおゆみに出かけることを告げ、着替えてから菊二とともに屋敷を出た。

神田佐久間町一丁目にやってきたときには辺りは暗くなっていた。

「ここです」

菊二が長屋木戸に先に入った。どの家も夕餉の最中のようだ。菊二は一番手前の家の前に立った。

城之進が頷くと、菊二は戸に手をかけた。

「ごめんください」

戸を開け、菊二は声をかける。

「先ほどは失礼しました。夕餉がまだなら出直しますが……」

夕餉は済んでいるようだ。女の子が母親の後ろに隠れた。

「なんでしょうか」

お信は険しい顔つきでき返す。二十七、八か。鬢がほつれて口元にかかっており、日々の暮しに追われて身だしなみに気を使っていないようだ。それでいて、どこか色香のようなものが漂《ただよ》っていた。

「じつは南町奉行所の吟味与力、望月城之進さまが内々にお話をお聞きしたいということです」

「なんのためですか」

お信が反発するようにきく。

「清蔵の妻女のお信だな」

城之進は上がり框に近づいて声をかける。

「そうです」

「清蔵のことで確かめたい」

「……」

「話を聞かせてもらえぬか」

「お話しするようなことはありません」

「清蔵が下手人として捕まった騒動で不審な点が見つかった。そのことで教えてもらいたいことがあるのだ」

「今さら蒸し返したって、亭主は戻ってきません」

「そうだな。気持ちはわかる。だが、戻ってこなくても、清蔵の名誉を回復することができるのならするべきではないか。その子のためにも」

城之進は女の子に目を向けた。愛くるしい目で城之進を見つめている。

「可愛い娘だ。この娘のためにも真実を明らかにしたいのだ」

「お光《みつ》、大家さんの家に行っておいで」

お信はお光に言う。

「はい」

お光は立ち上がってぴょこんと頭を下げ、下駄を履いて土間を出て行った。

「どうぞ、お上がりを」

お信が勧める。

「いや、ここで」

城之進は刀を外し、上がり框に腰を下ろした。

「あの子は清蔵の連れ子だそうだな」

「はい。でも、今は私の子です」

「うむ。清蔵とはどこで知り合ったのだ？」

「うちのひとから櫛を買ったことがあるんです」

「そうか」

城之進は頷き、

「清蔵の知り合いに、政吉という男はいなかったか」

と、きいた。

「………」

お信の目元が微かに動いた。

「どうだ？」

「確か、通夜《つや》に来てくれたと思います」

お信は俯いて答える。

「そうか。どういう繋がりか知っているか」

「いえ」

「先日、『松代屋』の番頭が浜町堀で殺された。下手人として捕まったのが政吉だ」

「……………」

「なぜ、政吉が番頭を殺したのか。いまひとつ、わけがわからなかった。だが、政吉が清蔵と親しかったとすると合点がいくのだ」

「ほんとうに政吉さんが番頭を殺したのですか」

「おそらく」

「なぜ、ですか」

「清蔵が殺したとされている音曲の師匠には間夫がいた。それが『松代屋』の番頭らしい。音曲の師匠を殺したのは番頭で、その罪を清蔵に着せた。そのために、清蔵は拷問で死んだ。政吉は清蔵の敵《かたき》を討ったのかもしれない」

「……………」

「しかし、政吉は番頭殺しで裁かれず、別の裁きで江戸払いとなった。昨日、政吉はここに来なかったか」

「いえ」

「そうか」

「ところで、京助という男を知らないか」

「知りません」

即座に答えが返った。まるで、その問いかけが出ることを予期していたようだ。

「平助という男は？」

「知りません」

お信ははっきり口にした。

政吉のときは不意だったので返答に窮《きゅう》したが、京助と平助のときは心構えができていたものと思える。

「清蔵のことで、何か言っておきたいことはないか」

「いえ、何も。ただ」

お信が思い出したように、

「亭主は音曲の師匠の話をしてくれたことがあります。そのとき、音曲の師匠は大店の旦那の世話になっているようだと言ってました」

「大店の旦那？」

「そうです。その旦那から別れ話を持ち出されたそうで、たんまり手切れ金をとってやると師匠が言っていたと話していたことがあります」

「それはいつごろのことだ？」

「寒くなりかけた頃だったと思います」

「十月ごろか」

殺しの起こるひと月ほど前だ。

「わかった。邪魔をした」

城之進は立ち上がった。

長屋木戸を出てから、

「音曲の師匠の間夫は番頭じゃなかったんでしょうか」

と、菊二がきいた。

「清蔵はお峰から相談を受けていたとしてもおかしくない。大店の旦那とは『松代屋』の主人かもしれぬ」

城之進は八左衛門の顔を思い出しながら、

「なぜ、俺の訪問を赤井さまに告げたのか。やはり、触れられたくない何かがあるのだ」

と、言い放った。

「俺はこれから小舟町に向かう。先日、話を聞いた酒屋の亭主に八左衛門のことを確かめてくる。そなたは、清蔵のことをもっと調べるのだ。さっきのお信の様子では、京助も平助も知っているようだ。あっ、待て」

城之進は思いついて、

「お信の前身も調べるのだ」

「わかりました」

菊二と別れ、城之進は小舟町に急いだ。

ちょうど酒屋は小僧が大戸を閉めようとしていた。

「すまぬが、主人を呼んでもらいたい」

城之進は声をかけた。

「へい」

大きな声で返事をし、小僧は店に入って行った。

なるほど、ここからならお峰の家の戸口が見通せる。

「望月さま」

亭主が出てきた。

「たびたびすまない」

「いえ」

「もう一度確かめたいのだが、お峰のところにやってくる間夫らしき男は頭巾で顔を隠していたといったな」

「はい」

「ところが、ほとんどの弟子がやめていったあと、偶然に家に入って行く間夫を見かけたときは頭巾をかぶっていなかった。だから、番頭の増太郎だと気づいたと」

「さようでございます」

「それはいつごろであったか」

「騒動のひと月前でしょうか」

「騒動のひと月前か。それ以前は頭巾をかぶっていたというが、頭巾をかぶっていた男も番頭の増太郎だと言い切れるか」

「てっきり同じひとだと思ったので……」

「違うかもしれぬな」

「そうですね。そういえば……」

亭主は首を傾げ、

「番頭の増太郎は中肉中背でしたが、頭巾をかぶっていた男は大柄だったような気もします」

「お峰は『松代屋』の主人とも面識があったのかわかるか」

「何度か、『松代屋』の旦那が催《もよお》す酒席に呼ばれて芸を披露していたようです」

「なるほど。ふたりは面識があったのか」

「はい」

亭主は答えたあと、あっと声を上げた。

「もしかしたら、頭巾をかぶった男は『松代屋』の旦那だったかもしれません。体つきは旦那のほうに似ていたようです」

「そうか」

「まさか、師匠の間夫は番頭ではなく、『松代屋』の旦那だったのでは……」

「いや、そこまではわからぬ。だが、参考になった」

酒屋を出て、城之進は伊勢町堀を歩きながらお峰の間夫のことを考えた。『松代屋』の八左衛門がお峰の間夫だとしたら、番頭の増太郎は……。

八左衛門とお峰に別れ話が出ていたらしい。お峰はたんまり手切れ金をとってやると清蔵に話していた。

八左衛門はお峰との話し合いを増太郎に委ねていたのではないか。増太郎はその話し合いの最中にもめ、かっとなってお峰の首を絞めてしまった……。そのあとに、清蔵が訪れた。

八左衛門は増太郎がお峰を殺したと打ち明けられたが、すでに清蔵が捕まっている。だから、そのまま清蔵に罪をなすりつけようとした。

しかし、その取調べの最中に、お峰の間夫のことは表に出てこなかったのか。

城之進は屋敷に帰ると、若党を同心の木下兵庫の屋敷に使いにやった。

木下兵庫が四半刻後に駆け付けてきた。

「夜分に呼び出してすまない」

「はい」

兵庫は緊張した面持ちで控えた。

「去年の十一月十日夕刻、小舟町でお峰という音曲の師匠が首を絞められて殺された。この騒動を扱ったのはそなただな」

「そうです」

「下手人として、小間物屋の清蔵を捕まえたのはどうしてだ？」

「現場から逃げだす清蔵を見ていた者がおりました」

「清蔵は認めたのか」

「いえ」

「清蔵は、訪ねたときすでにお峰は死んでいたと訴えたそうだな」

「はい」

「その訴えは嘘だと考えたのか」

「はい」

「その根拠は？」

「以前より、清蔵はお峰に言い寄っていたといいます。その日、清蔵は思いを遂げようとしてお峰に襲いかかったものの激しく拒まれて」

「激しく拒まれたのだとしたら、清蔵の顔や手足にお峰の爪の跡などがあったであろうな。それはどうであった？」

「………」

「どうであったのだ？」

「ありませんでした」

「おかしいとは思わなかったのか」

「清蔵の力が強く、いっきに首を絞めたものと……」

兵庫は苦しそうに答える。

「お峰に間夫がいたようだ。調べたか」

「はい」

「誰だ？」

「『松代屋』の番頭の増太郎です」

「どうして増太郎だと思ったのだ？」

「本人がそう訴えました」

「自分はお峰の間夫だと、増太郎が訴え出たというのか」

「はい」

「なぜ、わざわざ訴え出たのか」

「じつは逃げていく清蔵を見ていたのが増太郎でした」

「しかし、どこにもそのことに触れていない。なぜだ？」

城之進は思わず語気を強めた。

「それは……」

「赤井さまから『松代屋』の名前を出さないようにと言われまして」

「どうしてだ？」

「清蔵の姿を見たのが番頭だとしたら、殺されたお峰との関わりを取り沙汰される。番頭が音曲の師匠の間夫だったことが世間に知れると『松代屋』の評判に傷がつくから名を出さないようにと」

「『松代屋』の八左衛門から頼まれたということか」

「そのようです」

「それをそのまま受け入れたのか」

「赤井さまのご指示に逆らうわけにはいきません。それに、下手人が清蔵であることは明白であり……」

「待て。どうして、清蔵だということが明白なのだ？」

「番頭が見ていたからです」

「番頭に疑いの目を向けなかったのか」

「はい」

「なぜだ？」

「赤井さまの助言もありましたので」

城之進は呆れ、

「そなたは本気で清蔵が下手人だと思っていたのか」

「はい」

「番頭が殺したかもしれないとは思わなかったのか」

「惚れている女を殺すはずありません」

「そうか」

城之進はため息をつき、

「お峰の間夫は『松代屋』の主人八左衛門かもしれぬ。お峰との間で別れ話が出ていて、手切れ金の額でもめていた。その掛け合いをしていたのが番頭の増太郎だった……」

「まさか」

兵庫は口を半開きにした。

「この事案を吟味した塚田さまに、番頭の増太郎が見ていたことは伝えたのか」

「はい、お伝えしました。赤井さまのご意向で、『松代屋』の番頭の名は消してあることも付け加えました」

「そうか。わかった。もう、よい」

「望月さま。清蔵は無実だったと……」

兵庫は青ざめた顔で呟く。

「もう一度、騒動を振り返ってみるのだ」

城之進は突き放すように言った。

兵庫は悄然《しょうぜん》と引き上げた。

強請りのネタはこれだったのだと、城之進はようやく政吉の狙いの輪郭が見えてきたと思った。

三

雲間から陽光が射し込んでいる。源三郎はきょうも朝から橋場に来ていた。鋳掛け屋政吉の師匠である又蔵がこっちに住んでいると聞いてきのうから探し回っていた。

又蔵のところに寄ったとしても、きょうにも江戸を離れてしまうかもしれないと思いつつ、日常の暮しで立ち寄るであろう煮売り屋、豆腐屋、酒屋などにきいてまわった。さらに、そば屋、一膳飯屋の客にいないか。また、棒手振りに会えば声をかけ、ひとり暮しの年寄りのことを聞けば、そこに会いにも行った。だが、皆ひと違いだった。

陽は中天から傾き出していた。源三郎は真崎《まさき》稲荷の鳥居をくぐった。本殿の前に立ち、手を合わせる。

神頼みをしたって見つかるとは思えないが、神社のおごそかな雰囲気の中に身を置き、落ち着いて考え直そうと思った。

闇雲に歩き回っても、又蔵を見つけることはできない。

本殿の前を離れ、境内を歩く。なぜ、又蔵は橋場で暮らそうと思ったのか。

又蔵は鋳掛け屋だった、昔から鍋・釜の修理で江戸の町を歩き回っていたのだろう。橋場にもやってきたに違いない。

こっちに馴染みの客がいたのかもしれない。その縁で、隠居後はこの地を選んだのではないか。

そうだ、なぜ、そのことに気づかなかったのか。源三郎は真崎稲荷を飛び出した。

又蔵の跡を継いだ政吉は当然、又蔵の客も引き継いだはずだ。最近まで、政吉は鞴《ふいご》を担いで歩き回っていたはずだ。

源三郎は長屋に入り、路地にいた女に鋳掛け屋のことをきいた。さらに妾宅《しょうたく》らしい小粋な家を訪ねたりした。

やはり、商売で政吉はやってきていた。そして、それ以前は又蔵がやってきていたと、あちこちで話を聞いた。

そして、ついに鼻緒屋《はなおや》の内儀《おかみ》さんの話から又蔵のことがわかった。

「又蔵さんは、石浜《いしはま》神社の近くの百姓家の離れに住んでいますよ」

「又蔵さんはその百姓家とどのような繋がりがあるのか」

源三郎はきいた。

「昔、その家のご亭主が又蔵さんに助けてもらったことがあるそうですよ。歳を取って歩き回るのがしんどくなったら、離れで暮らせばいいといつも言われていたと話していました」

礼を言い、源三郎は鼻緒屋を出て、石浜神社に向かった。

さっきの真崎稲荷の前を通り、並びにある石浜神社に差しかかったとき、源三郎は思わず足を止めた。

前を三人の侍が歩いて行く。その中のひとりが天正寺裏で会い、そして金を受け取った相手である頭巾の侍に背格好が似ていた。

源三郎ははっとした。政吉のところに行くのではないか。源三郎は気配を消してあとを尾ける。

石浜神社の前を素通りし、百姓地に入った。田畑が広がっていて、木立《こだち》のそばに藁葺《わらぶ》き屋根の百姓家があった。

三人はまっすぐそこに向かった。そして、母家《おもや》に向かわず、垣根をまわって裏手に向かった。

夕陽が射していた。離れがぽつんと建っている。三人は離れの庭先に立った。いつの間にか、例の侍が頭巾を被っていた。

その頭巾の侍が声をかけた。しばらくして、障子が開いて、年寄りが出てきた。又蔵のようだ。

頭巾の侍が何か言っている。又蔵が両手を広げた。他の侍が土足のまま濡縁に駆け上がり、又蔵を突き飛ばした。

部屋の中から政吉が突き飛ばされて濡縁に出てきた。頭巾の侍が刀を抜いた。

「待て」

源三郎は飛び出した。

頭巾の侍ははっとしたように振り返った。

「また、会ったな」

「きさま」

「これで三度、いや四度目だ。大番屋に小者ふうの姿で押し入ったのもそなただ」

「舞阪さま」

政吉が叫ぶ。

「政吉。用心棒代を多くもらっているから、もう一働きさせてもらう」

そう言い、源三郎は抜刀した。

「おのれ」

濡縁にいた侍が駆け下り、大上段から斬り込んできた。源三郎は相手の剣を弾き、素早く脇をすり抜け、政吉のそばにいる侍に向かった。

相手はあわてて横に逃げた。

「政吉。又蔵さんと中へ」

「へい」

三人は濡縁の下で、剣を構えていた。

「俺たちの敵《かな》う相手ではない」

頭巾の侍は他のふたりを下がらせ、

「そなたの腕のほうが上だとわかっている。だが、相討ち覚悟なら太刀打ちできる」

と、剣を正眼《せいがん》に構えた。

源三郎は、

「なぜ、執拗に政吉を狙うのだ。政吉が生きていて何が困るのだ」

と、問い詰める。

「そなたには関わりない」

「いや、ある。俺は政吉を守らねばならぬのだ。務めだからな。今日で、もうやめてもらわねばならぬ」

源三郎は八相に構えた。

頭巾の侍は無造作に間合を詰めてきた。本気で相討ちを狙っていた。相討ちのあとに、他のふたりに政吉を斬らせようというのだろう。

「そこまでして政吉を殺したいのか」

「問答無用」

いきなり剣を振りかざして迫った。相手は源三郎の剣を体に受けるのを承知で襲ってきた。斬られながらも源三郎に手傷を負わそうというのだ。

源三郎は横に飛び退《の》いた。が、休むことなく、相手は攻撃してきた。何度も剣を弾く。防戦一方だ。

だが、源三郎は相手に攻撃させ、手が止まるのを待った。さらに斬りかかってきたのを下がりながら弾く。

やっと相手の攻撃が休止した、その隙を狙って、源三郎は踏み込み、剣尖が相手の左腕を掠めてすり抜けた。

頭巾の侍が棒立ちになった。

「これまでだ」

源三郎は相手に剣を突き付けた。

「そなたを殺れば、襲撃は終わるのか。それとも、新たな刺客が襲うのか」

源三郎はきいた。

「……」

「どうなのだ。答えられぬなら始末するまで」

源三郎が剣を構えたとき、

「舞阪さま」

と、政吉が声をかけた。

「どうぞ、そのままで」

「そのまま？ このまま帰すというのか」

「はい。このお方も上の命令を断れないのでしょう」

「また、襲ってくるやもしれぬ」

「いえ、その間に江戸を離れますから」

「そうか」

源三郎は剣を下げ、

「そういうことだ。引き上げてもらおう」

頭巾の侍はいきなり体の向きを変えて歩きだした。他のふたりも続いた。

「舞阪さま、よくここがおわかりに」

「大家から師匠に当たる又蔵さんの話を聞き、江戸を離れる前に挨拶に行くだろうと思ったのだ。奴らも同じことを考えたみたいだ」

源三郎は言ってから、

「それにしても間に合ってよかった。もう江戸を離れたかもしれないと思っていた」

「あっしは江戸を離れません」

「どういうことだ？」

「ともかく、お上がりください」

政吉が声をかけた。

源三郎は部屋に上がって、改めて政吉と向かい合った。

「舞阪さま、また助けていただいてありがとうございました」

政吉は深々と頭を下げた。

「それより、江戸を離れないというのは？」

「へえ、いろいろありまして」

「あの金は京助という男に渡った。その京助は一石橋でそなたに合図をした。いったい、そなたたちはなにをしたのだ？」

源三郎はきいた。

「申し訳ございません。もうすべて終わりました。あっしひとりで済むことであればなんでもお話をいたしますが、話すわけにはいきません」

政吉は頭を下げた。

「そうか。わかった。無理にきこうとは思わぬ。それより、そなた。少し痩せたようだな。牢屋敷に入っていたからだと思っていたが、もしや」

源三郎ははっとした。

「もしや、そなたがここに来たのは……」

源三郎は茫然と呟いた。

菊二は神田須田町にある小間物屋『松葉屋《まつばや》』を訪ねた。

清蔵はここから小間物を仕入れ、行商で売り歩いていたのだ。店先にいた番頭らしき男に、菊二は声をかける。

「清蔵さんのことでお話をお聞きしたいのですが」

「清蔵？　あの清蔵か」

番頭は眉根を寄せた。

「ええ、去年、ひと殺しの疑いで捕まった……」

「おまえさんは？」

「じつは清蔵さんに無実の証が見つかって、南町の頼みで調べ直しているのです」

菊二はお上の御用であることを匂わせた。

「清蔵が無実ですって」

番頭が目を見開いた。

「ええ。ところで、こちらは京助という錺職人と関わりがありますかえ」

「京助？　いや、ありません」

「そうですか」

菊二は当てが外れたかと思いながら、

「清蔵さんのおかみさんをご存じですかえ」

と、口にした。

「会ったことはありませんが、話には聞いています」

「おかみさん、清蔵さんと所帯を持つ前はどこにいたんでしょうね」

「料理屋で働いていたと聞いています」

「どこの料理屋で？」

「深川だそうです」

「深川？」

確か、政吉は深川の岡場所に遊びにいっていたのだ。

「なんという料理屋かわかりませんか」

「聞いていません」

番頭は即座に答え、

「それより、清蔵が無実だというのはほんとうなんですか」

と、きいた。

「間違いないと思います。ただ、すでに清蔵さんは死んでいるので……」

菊二は礼を言い、『松葉屋』をあとにし、不忍池のそばの茅町に向かった。

そして、その近所にある錺職人の親方のところに行った。

土間に入ると、板敷きの間に四人の職人が体を折って仕事をしていた。

「すまねえ。お上の御用でちょっとききたいんだが」

お上の御用をあずかっているらしく見せるために、菊二はわざと横柄に出た。

「なんでしょうか」

親方らしい風格の男が答えた。

「錺職人の京助はここにいたと聞いたが」

「そうです。二年前までここに通っていました」

「つかぬことを訊ねるが、京助が深川に遊びに行っていたことを知っているかえ」

「深川に？」

親方は他の弟子に向かって、

「誰か知っているか」

と、声をかけた。

すると、奥の台に向かっていた若い男が、

「一度、京助兄いに連れて行ってもらったことがあります」

と、応じた。

「どこですかえ」

「櫓下《やぐらした》の『花木家《はなきや》』です」

「すまねえ」

礼を言い、菊二はすぐに親方の家を出て、深川に向かった。

櫓下の『花木家』は女郎屋だった。

菊二は唖然としたが、気を取り直して間口の狭い土間に入った。遣《や》り手《て》婆《ばばあ》がにこやかに出てきた。

「すまねえ、客じゃねえんだ」

菊二が言うと、とたんに遣り手婆から笑みが引っ込んだ。

「なんだね」

遣り手婆が無愛想にきく。

「以前、ここにお信という女がいたと思うんだが。いや、源氏名は知らねえ。小間物屋の清蔵といっしょになった女だ」

「おまえさん、なんだね」

「ちょっと清蔵さんが下手人とされた騒動を調べ直している者だ」

「調べ直している？　どういうことなのさ」

「それより、どうなんだ。いたのかいないのか」

菊二はきく。

「いたよ」

「やっぱりいたのか」

「ああ、気立てのいい妓だった。年季明けで、清蔵さんといっしょになって喜んでいたのに、あんなことになって」

「清蔵さんはお信さんの年季が明けるのを待っていたのか」

「そうさ、実のある男だ。あんなひとが殺しをするはずがないんだ。調べ直しているなら、そのことをはっきりさせておくれ」

「わかった。そのつもりだ」

菊二は落ち着くようになだめて、

「お信の客に政吉という男はいたかえ」

「政吉さんかえ、いたよ」

「いたか。じゃあ、京助という男は？」

「錺職人だろう。いたよ」

「平助という男は？」

「平助もいたよ。お信はやさしい妓だったからね。男たちは癒《いや》されるんだ」

「そうか。わかった。清蔵さんのことは任してくれ」

そう言い、菊二は勇躍して引き上げた。

閻魔堂裏の家まで目と鼻の先だ。家に帰り着くと、お良が出てきて、

「遅かったね。四半刻前に舞阪源三郎という浪人さんがやってきたんだよ」

「なに、舞阪さまが？　で、なんだって」

「いえ、何も言わなかったわ」

何もなくて、源三郎がここにくるはずがない。政吉がみつかったのか。すぐにでも源三郎に会いに行きたかったが、もう夜も遅かった。

四

翌日の夜、城之進は大伝馬町の『松代屋』の客間で、主人の八左衛門と差向いに

なった。行灯《あんどん》の明かりに浮かんでいる、目尻が下がった下膨れの温和そうな顔は先日と一転して厳しい顔つきだ。

「私に何の用でございますか。赤井さまから何も?」

八左衛門が感情を抑えた声できく。

「伺いました。なれど、どうしても確かめなければならないことがございまして」

城之進は八左衛門の抗議を意に介さず、

「先日、お話をした件で、新たなことがわかりました」

「……………」

八左衛門は口を真一文字に閉じている。

「音曲の師匠お峰の間夫はどうも番頭の増太郎ではないようです。小間物屋の清蔵は、世話になっている大店の旦那から別れ話を持ち出されたが、たんまり手切れ金をとってやるとお峰が言っていたのを聞いていたそうです」

八左衛門の眉がぴくりと動いた。

「大店の旦那とは八左衛門どの、あなたではありませぬか」

「ばかばかしい」

「あなたは酒席にときたまお峰を呼んで音曲を披露させていたそうですね」

「あくまでも酒宴を盛り上げるために呼んだのだ」

「それが縁で、親しくなったのではありませんか」

「勝手な考えで決めつけないでいただきたい」

「確かに見当でしかありません。が、見当ついでに続けましょう」

城之進は鋭く迫る。

「あなたは何らかの事情からお峰と別れようとして、その始末を番頭の増太郎に任せた。ところが、増太郎もお峰に手を焼いた。膨大な手切れ金をふっかけ、出さないのならお店に乗り込むとか脅したのではないでしょうか。まあ、これこそ見当でしかありませんが、これと似たようなことをお峰が言ったのではありませんか」

「……」

「お峰に掛け合っていた番頭の増太郎は強気一点張りのお峰に業《ごう》を煮やし、ついにかっとなってお峰の首を絞めた」

「ばかばかしい。お峰を殺したのは小間物屋の清蔵だ」

「いえ、清蔵が訪れたとき、すでにお峰は死んでいたのです。清蔵は驚いて逃げた。それをある男が見ていた。増太郎です」

「そんないい加減な作り話を聞いている暇はない。お帰りいただこう」

「あなたは作り話だと思われますか」

「そうだ。出鱈目な作り話だ」

「番頭の増太郎が清蔵を見たと訴えたのは確かです。探索した同心が増太郎から話を聞いたと言っています。ところが」

城之進は少し声を高め、

「同心の上げた騒動の書面に増太郎どころか『松代屋』の名も記されていませんでした。また、詮議をした吟味与力も増太郎のことを持ち出していない。そのわけを、同心に確かめたところ、とんでもないことがわかりました」

八左衛門は顔をしかめ、

「望月さま。あなたさまは何かとんでもない思い違いをなさっていませんか」

と、切り返す。

「お峰を殺したのは清蔵だとはっきりしているのです。見た者が誰であろうが、お峰の間夫が誰であろうが関係ない。それをさも重大なことのように持ち出すことはいかがなものでしょう」

「関わりないのであれば、なぜあなたは赤井十右衛門さまに増太郎の名を出さないように頼み込んだのですか」

「『松代屋』の名が出ると、信用に関わるので配慮をお願いしただけです」

「赤井さまにお願いしたことはお認めになるのですね」

「……」

「お峰の間夫はあくまでも番頭の増太郎だと？」

「じつのところはわからないが、そうなんでしょう」

「すべての責を増太郎に押しつける気ですか」

「なに」

八左衛門は気色《きしき》ばんだ。

「増太郎がお峰を殺したのも、もとはといえばあなたに責があるのではありませんか」

「なにを言うか。お峰を殺したのは清蔵だ」

「違います。増太郎です。そして、政吉が増太郎を殺したのは清蔵の敵討ちの意味合いもあったのです」

「それはおかしい」

八左衛門は口元を歪め、

「増太郎がお峰を殺したと思っていたのなら、なぜ政吉は清蔵が捕まったときに訴え出なかったのですか。訴えていたら、清蔵は拷問死しなかったかもしれない。それができなかったのは増太郎が下手人だと思っていなかったからではありませんか」

と、反撃してきた。

「確かに、政吉がどうして半年近く経って動きだしたのか、それについては私もまだわかっていません。ただ」

城之進は間を置いて、

「政吉は増太郎に恨みを晴らす以外に、もっと別の狙いがあった。この件をネタに金を強請ることです。そして、それはまんまと成功した」

「……………」

「政吉が強請った相手はあなたではなく、おそらく赤井さまでしょう。しかし、政吉に渡った金の大半は八左衛門どの、あなたから出ているのではありませんか」

「ばかな」

「政吉の居場所はわかっています。政吉の口からいろいろなことが明らかになるでしょう」

「政吉が喋るとお思いですか」

八左衛門が冷笑を浮かべ、

「もし、政吉が金を得たとしたら、強請りのネタを話すはずはありますまい。そういう取り引きのはず」

「しかし、相手は約束を破った。政吉を殺そうとしているのです。そのことから、一切を喋ってくれるかもしれません。そのとき、またお目にかかります」

そう言い、城之進は別れの挨拶をして腰を上げた。

八左衛門も憤然として立ち上がった。

『松代屋』を出て、伊勢町堀に差しかかった。堀の周りには商家の蔵が並んでいる。人気《ひとけ》もなく、暗がりが続いている。

城之進は殺気を感じて立ち止まった。横合いの暗がりから黒い影が城之進目掛けて突進してきた。城之進は凄まじい勢いで迫ってきた剣を抜刀して弾いた。賊は行きすぎて立ち止まり、体の向きを変えるや、肩に刀を担ぐようにして構え、再び突進してきた。城之進は脇構えで相手が斬り合いの間に入るのを待って足を踏み込みながら相手の剣を弾き、そのまま体勢を入れ替えた。

「俺を南町吟味方与力望月城之進と知ってのことか」

城之進は声をかける。

しかし、賊は無言で腰を落としじりじりと迫ってくる。

「よいか、今度は容赦はせぬ」

一刀流《いっとうりゅう》の剣客である城之進は正眼に構えた。間合が詰まった瞬間、相手がいきなり跳躍して剣を振り下ろしてきた。

城之進は相手の剛剣を鎬《しのぎ》で受け止めた。そして、剣を押し返す。相手も渾身の力を込めてくる。相手の顔を見ようとしたとき、相手は飛び退いた。

少し離れて、相手は構えた。だが、動きは止まった。少し後退った。そして、いきなり踵を返して暗闇に消えた。

今の男、何者か。暗殺を請け負う男のように思えた。松代屋八左衛門が雇ったのだろうか。それとも。屋敷からあとを尾けてきたのか。

刀を鞘に納め、城之進は菊二が来ているはずだと帰途を急いだ。

屋敷に帰ると、菊二が待っていた。

「政吉の居場所がわかりました。舞阪さまが探し当ててくれました。やはり、襲われたそうです。頭巾の侍の左腕に傷を負わせたそうです。もし、奉行所の者なら見つけ出す手掛かりになると舞阪さまが」

「確かにいい手掛かりだ」

「政吉は何も喋ろうとしないようです。他のひとに迷惑がかかるからと。仲間のことを気にしているようです」

「そうか」

「それから、政吉、京助、平助の繋がりがわかりました」

「やはり、お信か」

「えっ、お気づきで？」

「お信には堅気《かたぎ》にはない色香のようなものを感じた」

「仰るとおりでございます。お信は櫓下の『花木家』という女郎屋で働いていて、年季明けを待って清蔵といっしょになったってことです。お信は気立てがよく、客からは癒されるといって評判がよかったようです」

「だいたい読めてきた。しかし、政吉は一歩間違えば、命はなかった。他の者に累が及ばないように、敵の前面に出るのは政吉だけだ。よく、だいたんな真似ができたものだ」

城之進は感心したように言う。

「それが、政吉は病《やまい》に罹《かか》っているそうです」

「なに、病……」

城之進は大きくため息をついた。

「そのことが政吉を強くしていたのか」

城之進は政吉の命をかけての謀《はか》りごとに理解を示しつつ、

「だが、政吉は間違っている」

と、強く言い、

「明日、政吉のところに行く、案内してくれ」

「はっ」

明日は昼前まで手透きだった。なんとしても、政吉を説き伏せねばならなかった。


翌朝、迎えにきた菊二とともに亀島川《かめじまがわ》の舟着場から猪牙舟《ちょきぶね》に乗った。

大川《おおかわ》は波も穏やかで新大橋、両国橋《りょうごくばし》をくぐり、蔵前《くらまえ》の米蔵を見ながら、やがて駒形堂《こまがたどう》を過ぎ、吾妻橋《あづまばし》をくぐり、浅草寺《せんそうじ》の五重塔、そして待乳山《まっちやま》を目に入れながら山谷堀《さんやぼり》を過ぎて舟は岸に寄って行き、橋場の舟着場に到着した。

陸に上がり、真崎稲荷のほうに向かう。

石浜神社の前を過ぎ、藁葺き屋根の百姓家に着き、裏の方から離れに向かった。

「ごめんください」

庭先に立って、菊二が声をかける。

障子が開いて、又蔵が顔を出した。

「すみません。政吉さんに吟味与力の望月城之進さまがお目にかかりにいらっしゃったとお伝えねがえますか」

すると、声が聞こえたのか、政吉が現われた。

「望月さま」

政吉は驚いたように濡縁に出て来て腰を下ろした。

「政吉、話がしたい」

城之進は厳しい顔で言う。

「どうぞ」

政吉が上がるように言う。

城之進と菊二は部屋に上がり、政吉と向かい合った。政吉から少し離れて又蔵が腰を下ろした。

「政吉、ようやく、そなたの謀りごとが見えてきた。すべて話してくれと言っても、そなたは迷惑がかかる者がいるということで何も話すまい。そこで、俺の話を聞いてもらい、間違っていることがあれば正してもらいたい」

「………」

政吉は強張った顔で唇を閉ざしている。

「今回のことはお信のためにしたことだ。違うか」

政吉ははっとしたように目を見開いた。

「『花木家』のお信を贔屓にしていたそなたと京助、平助は、年季明けでお信が小間物屋の清蔵と所帯を持ったことを素直に喜んでやったのだろう。もちろん、嫉妬の気持ちもあったろうが、お信の仕合わせを願う思いのほうが強かった。だが、半年前、とんでもない騒動が起き、清蔵が下手人とされて捕縛され、そして拷問中に死んだ。この知らせを聞いて、政吉はお信の家を訪ねたのだ。そこに同じ思いでやってきたのが京助と平助だ」

「………」

政吉は俯いている。

「ところがそなたは最近になって、お峰殺しの真相を知ったのだ。どうして知ったのか、そこが思いつかなかったが、そなたは鋳掛け屋として江戸中を歩き回っている。そこで、こう見当をつけてみた。お峰の家に住み込んでいたお手伝いのお梅とどこぞで偶然に出会ったのではないか。そして、そこでお峰の間夫が『松代屋』の主人であり、別れ話が出ていて番頭の増太郎がお峰と激しくやりあっていたことを聞いたのではないか。どうだ?」

問いかけたが、政吉は相変わらず俯いたままだ。

「南町に訴えてもとりあってもらえないことは明らかだ。だが、このまま泣き寝入りはできない。今さら清蔵の名誉を回復することができないなら、奉行所は償《つぐな》いの金を残された妻娘に渡すべきだと考え、京助と平助に力添えを求めた」

政吉からは何の反論もなかった。

「そのとき、京助が藤兵衛夫婦殺しの話をした。ホトケの傷の話を聞き、自分が下手人になりすますことができると踏んだ。もし自分が真の下手人だと名乗り出たら、奉行所は大混乱を引き起こすに違いない。そのことをネタに奉行所を強請ろうと思いついたのではないか」

政吉は微かに吐息をもらしたが、口を開こうとしなかった。

「強請る相手は筆頭与力の赤井十右衛門と狙いを定めた。強請りの文には、藤兵衛夫婦殺しの下手人は自分であること、そして、お峰殺しの下手人は『松代屋』の番頭増太郎であることを記し、そして、望み通りに金が支払われなければ拷問を受ける際に御徒目付にこのことを訴えると……」

政吉はまだじっとしている。

「だが、このまま名乗り出ても握りつぶされてしまうに違いない。そこで、そなたは番頭増太郎を殺し、わざと捕まろうと企てた。そこで、『松代屋』に行き、疑いが自分にかかるようにわざと増太郎ともめた。そして、増太郎殺しの詮議の場で、藤兵衛夫婦殺しを持ち出した。赤井十右衛門にはそなたの企みはわかっていたのだ」

「………」

城之進は息継ぎをし、

「そなたたちはお信のために動いたのであろう。おそらく、奪った金もすべてお信に渡したか、渡すつもりだろう。そなたたちの目論見は見事にうまくいった。だが、このままでは、清蔵の名誉は回復されない。それでいいのか」

「お信と娘のためにも父親の名誉を回復させてやることこそ大事なのではないか」

「はじめはそう思いました」

政吉が顔を上げてやっと重たい口を開いた。

「でも、清蔵さんの無実が明らかになったあと、奉行所は残された家族にその償いをしてくれますか。捕り違い、吟味違いの末に殺してしまっても奉行所は何の償いもしない。働き手を理不尽な取調べで失った家族は生きて行くのもたいへんです。だから、暮しを支えていける償い金を出してもらうことを第一に考えたのです」

「なぜ、そこまでそなたたちは他人のために？」

「あっしは『花木家』のお信さんのところに通っていました。愚痴を聞いてくれ、慰めてもくれ、あっしにとってはお信さんは単なる女郎ではありませんでした。あっしだって、年季明けになったらお信さんといっしょになりたいと思ったこともあります」

政吉は首を横に振り、

「でも、お信さんは小間物屋の清蔵さんと所帯を持った。清蔵さんは客ではなく、小間物の商売で『花木家』にやってきたそうです。真面目で働き者。あの男ならお信さんを仕合わせにしてくれる。そう思い、密かに祝っていたんです。あっしと同じように思っていた男が他にもいたと知って驚きました」

政吉は真顔になって、

「これは一切をあっしひとりでやったことなんです。京助と平助は何もしらず、ただ手伝っただけです」

「どうして、お峰殺しの真相がわかったのだ？」

城之進は疑問を口にした。

「先ほど、望月さまが仰っていたとおりでございます」

「お手伝いのお梅からか」

「はい。お梅さんは『松代屋』の今戸《いまど》にある寮に住み込んでいたんです」

「『松代屋』の寮だと？」

「はい。『松代屋』の旦那が、行くところがなければうちに来なさいと声をかけてくれたそうです」

娘の嫁ぎ先に引き取られたと近所には触れ回っていたが、八左衛門はお梅を自分の手元に引き取ったのだ。よけいなことを喋らせないためだろう。

「今戸から橋場のほうを商売でまわっていると、『松代屋』の寮番から鍋の修繕を頼まれたんです。勝手口で鍋の修繕をしているとお梅さんが茶をいれてくれました。婆さんはどこから来たのかときいたら、日本橋小舟町だと。それから、音曲の師匠の家にいたという話になって……。師匠を殺したのは小間物屋さんじゃないとはっきり言ったので、詳しい話を聞きだしたのです」

「なるほど。よくわかった」

「で、金はどうした？」

「仰るように、すべてお信さんに渡すつもりで、京助が預かっています。ほとぼりが冷めたころに、お信さんに渡すつもりです」

「なんと言って渡すのだ？」

「それは……」

「奉行所から強請りとった金だと正直に言うのか。お信がそのような金を受け取ると思うか。いや、受け取ったところで、そんな金で仕合わせになれると思うか」

「……」

「それに、そなたは増太郎を殺したのだ。裁かれずじまいで、畳の上で死んでいっていいのか」

政吉は苦しそうな顔をした。

「政吉。増太郎殺しで名乗り出ろ。そして、奪った金は返すのだ」

「それじゃ、あっしらの苦労が水の泡じゃありませんか」

「法に背《そむ》いて手に入れた金で、お信母娘《おやこ》は仕合わせになれぬ。それより、清蔵の名誉を回復させることこそ、お信母娘のため」

「政吉」

それまで黙っていた又蔵が口を挟んだ。

「旦那の仰るとおりだ。おめえたちの気持ちはわかるが、悪いことをして得た金は不幸の元だ」

「政吉。よく考えよ」

城之進は立ち上がった。

庭に出たとき、政吉が追ってきた。

「望月さま。あっしが間違っていました」

そう言って、政吉は泣き声で、

「名乗り出ます」

と、叫ぶように言った。


ふつか後の朝、城之進は出仕した。すぐに年番方与力部屋に向かうと、廊下をやってくる侍に出会った。隠密同心の菅野勝太郎《すがのかつたろう》だ。

左腕の動きが不自然なようだ。

菅野が会釈をしてすり抜けようとしたとき、

「待て」

と、呼び止めた。

「はっ」

菅野が振り向いた。

「赤井さまのところからの帰りか」

「いえ」

菅野は微かに狼狽《ろうばい》した。

「左腕、どうした？」

菅野ははっとして左腕に手をやろうとした。

「怪我をしているようだな。大事にすることだ」

城之進はそう言い、そのまま先を急いだ。

廊下を曲がるときに目を向けると、菅野は茫然として立ちすくんでいた。

城之進はそのまま年番方与力部屋に向かった。

文机に向かっていた十右衛門は気配を察して振り向いた。

「赤井さま。政吉が増太郎殺しで自訴してきました。それから、なにやら不当に手に入れた二百両を返すとのこと」

「向こうへ」

赤井は立ち上がって、隣の小部屋に移動した。

改めて向かい合ってから、

「赤井さま。途中、菅野勝太郎と擦れ違いました。なにやら、赤井さまに御用があった様子」

「……」

十右衛門は厳しい顔をしている。

「これから増太郎殺しの取調べは引き続き私が行ないたいと思います。その前に、赤井さまに確かめておきたいと思いまして」

「なんだ？」

「なぜ、政吉が増太郎を殺したのか。それは、お峰殺しで身代わりにされた清蔵の仕返しだということです。つまり、お峰を殺したのは『松代屋』の番頭増太郎だったのです」

「……」

「つまり、捕り違い、吟味違いがあったのです」

「その証があるのか」

「ございます。当時、お峰の家に住み込んでいたお梅が話してくれました。場合によっては、お白洲に『松代屋』の主人八左衛門を呼んで……」

「待て。なぜ、そこまでするのだ？」

「お峰の間夫は八左衛門だったのです。別れ話のもつれで、八左衛門に代わって掛け合っていた増太郎がついかっとなってお峰の首を絞めたというのが真相だと思います。このことを明らかにするためには八左衛門から話を聞くことは必要かと」

「八左衛門は……」

十右衛門は言いさした。

「八左衛門が奉行所にも赤井さまにも莫大な付け届けをしていることは承知しております。なれど、真実を明らかにするためには八左衛門に問い質さねばなりません」

「……」

「なれど、八左衛門を呼ぶとなると、場合によっては赤井さまとの関わり、何者かからの強請りで金が動いたこと、さらには政吉への襲撃のことまで話が及びかねません。さすれば、隠密同心の菅野勝太郎に似た男が暗躍していることを徹底的に調べ上げなければならなくなりましょう。こうなったら、ことは大きくなり、収拾がつかないことになりかねません」

「うむ」

十右衛門は返答に詰まった。

「今回の件、一切を私に任せていただけませんか」

「どういうことだ？」

「なるたけ傷つく者が少ないようにしたいのです」

「どうするつもりだ？」

「はい」

城之進は居住まいを正し、

「まず、お峰殺しは番頭増太郎の仕業であり、清蔵は潔白であったことを明らかにします」

「ばかな。それでは奉行所の体面が……」

「いえ、真相を明らかにすることこそ、奉行所が信頼を得られるのではないでしょうか。それに、清蔵は拷問にて死んだことになっていますが、もともと病弱だったために命を落としたことに。藤兵衛夫婦殺しで獄門になった源次が潔白だったとしたらたいへんなことですが、多少なりとも言い訳ができます」

「………」

「ただし、このままでは信頼は得られません。そこで、無実の者を死なせてしまった詫びとして残された家族に償いをするのです」

「償いだと?」

「そうです。政吉から返された金をそっくり清蔵のかみさんに奉行所からの償い金として」

「ばかな」

「さすれば、江戸の者も奉行所を見直すでしょう。これらのことを、瓦版に書かせます。ただ、かみさんにそれなりの償いの金が入ったら、どんな馬鹿者がよからぬことを考えるかもしれないので、公《おおやけ》にする額は少なめに抑えたほうがいいかもしれませんが」

「そんな話、呑めるか」

「この件、へたに対応を誤ると、清蔵を捕らえた木下兵庫、吟味をした塚田さま、そして、なにより強請りを受けていた赤井さま、当然、『松代屋』の八左衛門にまで累が及び、さらにはお奉行にまで……」

城之進は半ば脅すように言い、

「ともかく、私に一任を。清蔵のかみさんへの償い金は政吉から返されたものをそのまま渡せばよろしいではありませんか。それに、あの金は『松代屋』の八左衛門から出ているのではありませんか」

十右衛門はまだ不快そうな顔をしている。

「言い忘れておりましたが、先日の夜、『松代屋』に八左衛門を訪ねた帰り、伊勢町堀で待ち伏せていた賊に襲われました。八左衛門が雇ったのではないかと、はじめは思いました。なにしろ政吉を襲った菅野勝太郎に似た男以外は浪人者でしたから。あの浪人者は八左衛門が雇ったのでしょう。ですが、私を襲った賊はもっぱら暗殺を生業《なりわい》にしている男ではないかと思い直しました。そういう輩《やから》は大名か大身の旗本に頼まれて暗躍すると聞いたことがあります。まさかとは思いますが、お奉行とて……」

「何を言うか」

十右衛門は狼狽した。

「今、私はこの件を調べるべきか迷っているところです」

「それは脅しのつもりか」

十右衛門の声は震えを帯びていた。

「とんでもない。そのような気持ちは毛頭ありません。私はただ誰もが大怪我をしないようにことを納めたいと思っているのです」

十右衛門は大きく息を吐き、

「わかった。そなたを信じよう」

と、苦い顔で言った。

「ありがとうございます」

城之進は深々と腰を折った。


五日後、城之進は詮議所の座敷に腰を下ろした。

お白洲には女が腰を下ろし、その後方には紋付きの羽織を着た名主と大家が付き添っている。

「小間物屋清蔵の妻女お信に相違ないな」

顔を上げたお信に、城之進は声をかけた。

「あっ、あなたさまは」

お信は城之進の顔を覚えていた。それより、お信は自分がなぜ呼び出されたのかまったく見当がつかず、困惑している様子だった。

「本来であればお奉行より言い渡すべきものであるが、前例のない申し渡しのために、吟味方与力が代わって言い渡す」

そう言い、城之進はおもむろに口を開いた。

「去年の十一月十日に小舟町で音曲の師匠お峰が首を絞められて殺された騒動にて、小間物屋清蔵を下手人として捕らえた。が、清蔵は拷問の最中に命を落としたため、自白のないままに下手人の裁きを受けた。しかるに、昨今、鋳掛け屋の政吉の働きにより、真の下手人が判明し、したがって清蔵の無実が明らかになった」

「ほんとうでございますか」

お信の目が輝いた。

「やむない事情があったとはいえ、奉行所は捕り違いをした。すでに、清蔵は亡くなっており、今さら謝ってすむものではない。清蔵は、女房や娘の先々のことをさぞ心配しながら死んで行ったことであろう」

「…………」

亭主を失った悲しみが蘇ったのか、お信は目尻を拭った。

「そのことを思うと、胸が引き裂かれると同時に奉行所の罪の大きさに愕然とする。そこで、本日この場にて、正式に清蔵に無実を言い渡すこととする。お信、清蔵に代わってよく聞くのだ」

「はい」

城之進は胸に挟んであった書付を取り出して広げて読みあげた。

「よって、清蔵は無罪とする。なお、捕り違いによって貴重な命を奪ったことの代償として、清蔵の妻女お信に金子《きんす》五十両を下げ渡すものとする」

「えっ。五十両」

「ひとの命を金で買うわけではないが、この金をもとにして清蔵の菩提《ぼだい》を弔《とむら》いながらお光をりっぱに育てるように。そなたたちが仕合わせに暮らすことが清蔵のなによりの供養となろう」

城之進は大家と名主に声をかけ、

「今、聞いたとおりだ。清蔵の名誉は回復されたのだ。このこと、周りの者たちに知らせるように」

「はい」

ふたりは同時に頭を下げた。

「それから、お信母娘の後見をよろしく頼みおく」

はい、ともう一度ふたりは大きく頭を下げた。

「お信、これは言わずもがなのことかもしれぬが、やはり触れておきたい。今日、このような異例の裁きが行なわれたのも政吉、京助、平助の三人の命懸けの働きによるものだ。そのこともよく考えるのだ」

「はい、わかっております。あのお三方の親身な思いを決して忘れはいたしません」

「それもこれも、そなたの美しい心があったからこそだ。では、母娘、仲良く暮らすのだ。これにて落着」

城之進は高らかに口にした。


菊二は源三郎といっしょに浅草の溜《ため》に行った。牢内で重病になった囚人が入れられる病監《びょうかん》である。浅草寺の裏、吉原《よしわら》の近くの千束《せんぞく》村にある。

政吉は特別な計らいで、溜に下げ渡された。大広間の端のほうに政吉が寝ていた。これも特別に許されて又蔵が看病していた。

「これは舞阪さまに菊二さん」

政吉はさらに痩せた体を起こした。

「きのう、お信さんが京助と平助と三人で来てくれた」

政吉はうれしそうに言った。

「面会が許されるなんて、恵まれているではないか」

源三郎が言う。

「これも望月さまのおかげ。もう、思い残すことはありません。とっつぁんのように慕ってきた又蔵さんに看取《みと》ってもらえるんですから」

「そうか。又蔵どのの付添いも許されたのか。それはよかった」

源三郎は目を細めた。

「ほんとうは橋場村の又蔵さんの住まいで養生できないかと望月さまは掛け合ったそうですが、さすがにそこまではできなかったと口惜《くや》しがっていました」

菊二が口をはさむと、

「とんでもない。十分でございます」

と、政吉は真顔で言い、付け加えた。

「望月さまには感謝しております。よろしくお伝えください」

「わかりました。伝えておきます」

菊二は窶《やつ》れた政吉に胸を痛めながら答えた。

夜になって、菊二は八丁堀の城之進の屋敷に寄った。庭からまわったが、濡縁に城之進とおゆみが仲むつまじく並んでいるのを見て思い止まった。

水入らずのところを邪魔しては悪いと遠慮して引き上げた。


「ばかな」

城之進は苦笑した。

「どうかなさったのですか」

おゆみがきく。

「菊二がやってきたが、引き返していった」

「まあ、どうしてですか」

「気を利かしたのだろう。だが、これでいい。菊二も早くかみさんのところに帰れるからな」

「そうですね。きっと菊二さんも帰ったら、おかみさんといっしょに月を眺めながら過ごすのでしょうね」

皓々《こうこう》と照る月に、庭の藤棚の紫が色鮮やかに映えていた。

光文社文庫

文庫書下ろし／長編時代小説

欺《あざむ》きの訴《そ》　吟《ぎん》味《み》方《かた》与《よ》力《りき》　望《もち》月《づき》城《じょう》之《の》進《しん》

著　者　小《こ》杉《すぎ》健《けん》治《じ》

2020年6月20日　初版1刷発行

発行者　鈴木広和
印　刷　堀内印刷
製　本　フォーネット社

発行所　株式会社　光文社
〒112-8011　東京都文京区音羽1-16-6
電話（03）5395-8149　編集部
8116　書籍販売部
8125　業務部

落丁本・乱丁本は業務部にご連絡くだされば、お取替えいたします。
ISBN978-4-334-79030-1　Printed in Japan

組版　萩原印刷